Für alle in meinem Team

Karoline Therese Marth

DOTTERLAND

Roman

Literaturverlag Droschl

Müde bin ich geh zur Ruh
Schließe meine Augen zu
Vater lass die Augen dein
Über meinem Bette sein

Wer hatte sie schon? Eine Abenteuerkindheit, wild und laut, aber ohne die nächtliche Einsamkeit und im immer gleichen Kinderzimmer.

Ich werde nur wenige Tage vor Halloween geboren, meinem Lieblingsfest, das damals noch vollkommen unbekannt war, kurz vor einem Winter mit Minusgraden und viel Schnee. Ich werde an dem Tag geboren, an dem mein Urgroßvater stirbt, dem Jahrzehnte zuvor in Stalingrad ein Bein abgefroren ist, und nach seiner noch lebenden Frau benannt. Ich komme dunkellila zur Welt mit der Nabelschnur um den Hals. Ich bin eine dicke menschliche Trockenpflaume, die in einem fort schreit und der man lustige Hauben aufsetzt und Fencheltee zu trinken gibt, jedoch niemals ein Lächeln abringt. Ich war lange herbeigewünscht. Ich bin erste Tochter und erste Enkeltochter und schon so viel mehr, bevor ich sprechen konnte. Ich bin keine Sekunde *nur*.

Eineinhalb Jahre später wird mein Bruder Thomas geboren, und die Prinzessin stirbt.

Prinzessin Diana stirbt kurz nach Mitternacht, weil ihr Fahrer Prozac genommen und trotzdem getrunken hat. Keiner der Insassen ist angeschnallt. Prinzessin Di wird um vier Uhr früh für tot erklärt.

Ich esse meinen Striezel gerne mit Marillenmarmelade. Thomas mag Erdbeermarmelade lieber. Nehme ich Marillenmarmelade, will mein Bruder plötzlich auch welche. Ich brülle, weil er mir immer alles nachmacht, und bestehe auf Erdbeermarmelade. Als er nun auch Erdbeermarmelade will, heule ich los. Meine Großmutter macht alle Marmeladen selbst, und es gibt immer genug.

Wenn wir schlafen, streiten Mama und Papa oft. Ich will sie nicht hören. Im Kinderzimmer wird nicht geschrien und geweint. Meine Mutter drückt die Tür einen Spalt weit auf und kommt herein. Sie legt sich auf eine der Koffermatratzen, die wir für Übernachtungsgäste haben, ohne sie aufzuklappen und auch ohne Bettzeug. Eingerollt liegt sie still zwischen unseren Hochbetten, und das einzige Geräusch im Halbdunklen ist Thomas' gleichmäßiges Atmen. Ich halte mich an meinem Bett ganz fest, beuge mich, so weit es geht, nach vorne und strecke meinen Kopf in Mamas Richtung. Die Haare fallen mir ins Gesicht, aber ich will sie nicht wegpusten, weil Mama das vielleicht hören könnte, und meine Hände vom Bettgestell nehmen will ich auch nicht. Durch meinen Haarvorhang hindurch sehe ich Mamas Rücken. Sie zittert. Es ist kalt, vor allem ohne dicke Decke, aber Mamas Zittern ist kein Kältezittern. Mama, weinst du?, will ich fragen, aber mein Mund hält die Wörter fest. Ich stelle mir vor, wie Mamas Tränen dunkle Flecken auf der grünen Matratze bilden. Ich kann ihr Gesicht nicht sehen, also lege ich mich zurück und versuche es mir vorzustellen. Aber während mein Bruder atmet und Mama weint, sehe ich nur die dunkle Zimmerdecke.

Großmutter und ich ziehen den Puppen die schönsten Kleider an, die ich habe, und setzen sie nebeneinander. Heute ist ein wichtiger Tag für meine neun Puppen. Sie gehen nicht nur, wie jeden Sonntag, in die Kirche, sondern sind endlich alt genug für die heilige Kommunion. Im Frühling waren alle Puppen bei den Vorbereitungsstunden, haben gelernt, was Jesus und seine Freunde gemacht haben, und können das Glaubensbekenntnis auswendig. *Wir haben uns heute hier versammelt,* sage ich, während meine Großmutter neun kleine Fetzen von einem Taschentuch abreißt. *Das ist der Leib Christi, der für euch hingegeben wird,* sage ich, und meine Großmutter verteilt die Hostien. *Nehmet und esset alle davon.* Danach gibt es auch für uns Mittagessen, weil wir heute nicht in die Kirche gehen. Meine Mutter meint, jeden Sonntag in die Kirche zu gehen, wäre übertrieben, außerdem wolle sie am Wochenende ausschlafen, und es gebe bessere Arten einen so sonnigen Tag zu nutzen. Gehen wir nicht in die Kirche, kommt die Kirche eben zu uns, sagt meine Großmutter, und ich schließe den Puppen die Augen zum Gebet.

Ich weiß, dass alle meine Mama gernhaben, aber ich weiß nicht, ob meine Mama mich gernhat.

*Wir sind auf einem Piratenboot, Thomas und ich. Nebenein-
ander liegen wir da, gefesselt. Dickes braunes Seil windet sich
um unsere Körper, von unseren Knöcheln bis über die Schultern.
Schwarzes breites Klebeband macht uns stumm.*

*Das Schiff ist riesig, alles ist aus Holz, und wir liegen an Deck,
genau in der Mitte. Piraten haben wir noch keine gesehen. Wie
im Ehebett liegen wir da, denke ich, so gefesselt und nebeneinander, ohne etwas sagen zu können. Sie werden kommen, ganz
bestimmt. Ich höre den Wind und das Wasser, und manchmal
bilde ich mir auch ein, das Salz zu hören, das überall ist, im
Meer, in der Luft und wahrscheinlich auch an Deck. Ich kann
nur den Himmel sehen, und die Fesseln drücken meinen Körper
auf das schwere Holz.*

*Irgendwann höre ich ein Scharren. Zuerst denke ich an den
Wind, der den Ohren so oft einen Streich spielt, doch als es lauter wird, weiß ich, dass da etwas anderes sein muss. Nicht in
unmittelbarer Nähe, aber auch nicht weit weg. Sie sind unter
uns, unter Deck, plötzlich weiß ich es, ganz sicher. Sie kommen
alle gleichzeitig, woher genau, weiß ich nicht. Wahrscheinlich
gibt es irgendwo eine Luke, die ich nicht sehen kann. Ratten. Es
sind hunderte. Groß, lang und grau. Sie laufen auf uns zu. Als
sie auf uns sind, fangen sie an, an den Seilen zu knabbern. Es
ist schlimmer als alles, was die unsichtbaren Piraten uns hätten
antun können.*

Meine Mutter bringt mich nicht mehr gemeinsam mit meinem Bruder in den Kindergarten, ich gehe in die Schule.

Wenn mein Vater da ist, fährt er mich, und ich habe ihn vom Schließen der Wohnungstür bis zum Eingangstor der Schule ganz für mich allein. Auf dem Weg in die Tiefgarage müssen wir einmal über die Straße gehen. Währenddessen hält er immer meine Hand. Das macht er, weil eine tote Prinzessin reiche, sagt er. Von mir aus braucht er keinen Grund, um meine Hand zu halten. Wenn wir zu früh sind, darf ich mich auf den Beifahrersitz setzen, und er erzählt mir die Geschichte von Prinzessin Di und ihrem Unfall, oder er hört mir zu, wenn ich von der Schule erzähle.

Meine beste Freundin aus dem Kindergarten heißt Barbara. Sie ist größer als ich. Meine Mutter sagt, später werde ich größer sein, und Barbara wäre jetzt nur größer, weil sie ein Jahr älter ist als ich. Trotzdem geht Barbara jetzt auch in die erste Klasse. Weil Barbara nicht umgezogen ist, geht sie in die Schule direkt neben dem Kindergarten. Ich gehe in eine andere Schule. Ich sehe Barbara zum letzten Mal, als sie mich in der neuen Wohnung besucht. Die ist viel weiter weg von allem, was ich bisher kenne. Ich zeige ihr alles. Am Ende meiner Wohnungsführung sagt Barbara, *ich könnte mich jetzt sofort übergeben, wenn ich will, weißt du.* Ich kann mich nie übergeben, wenn ich es will, sondern immer nur, wenn ich es nicht will, und deshalb glaube ich ihr nicht. *Glaube ich nicht*, sage ich. *Doch*, sagt sie und lächelt, und ich sage, *dann mach.* Sie übergibt sich, plötzlich und viel, mitten auf den Teppich. *Mama*, schreie ich, so laut ich kann. Barbara kommt nicht mehr zu Besuch.

Mein Vater sagt, *hier könnt ihr sogar Autos zählen*, und setzt sich aufs Fensterbrett der neuen Wohnung. Ich nicke begeistert. Als ich in der Schule ein Bild von einem Fenster und vorbeiziehenden Autos zeichne und es meiner Mutter zeige, ist es ihr unangenehm.

Auf meinen Ohrläppchen ist jeweils ein Punkt, genau dort, wo die Frau im Schmuckgeschäft mit der Pistole durchgeschossen hat. Um den Punkt herum ist es meistens leicht bläulich, und um das Blau herum ist ein roter Kreis. An den Stellen, wo die Löcher sind, fühlen sich meine Ohrläppchen dicker an.

Thomas und ich bauen riesige Städte aus Lego, die sich durch die ganze Wohnung ziehen, während Rufus Beck uns von einem Jungen mit einer Blitznarbe erzählt, der in einem Wandschrank wohnt. Wir verbringen Stunden damit, Türme zu bauen und Festungen zu errichten. Geht uns das Lego aus, nehmen wir Playmobil oder was wir sonst in den großen Spielzeugkisten finden. Barbies sind mit Power Rangern befreundet, Polly Pockets sind die Kinder von Kuscheltieren, und wir sind mittendrin.

Ich kann nicht schwimmen, das Wasser ist überall, und ich schlage heftig mit den Armen. *Ziehen*, schreit mein Vater, der am Beckenrand steht, und ich versuche die Hände wie Schaufeln auseinanderzuziehen, wie er es mir gezeigt hat. *So habe ich auch schwimmen gelernt*, sagt er, und ich will nicht mehr schwimmen lernen.

Am Montag in der Früh sitzen wir ganz hinten im Klassenzimmer im Kreis. Ich mag es, auf dem Boden zu sitzen. Das Holz des alten Parkettbodens fühlt sich viel besser unter meinen Fingern an als das glatte Holz der Schreibtische. Die Lehrerin fordert jeden auf, von seinem Wochenende zu erzählen. Die meisten Kinder waren übers Wochenende in Ferienhäusern oder bei den Großeltern, so wie ich. Sie erzählen von Ausflügen mit den Eltern und gemeinsamen Familienessen. Im Burgenland essen wir auch immer alle zusammen, aber ich weiß nicht, warum ich davon erzählen soll. Von den anderen Sachen will ich nicht erzählen, zumindest nicht vor allen. Also erzähle ich meistens doch vom Essen. Zum Abschluss stellt die Lehrerin noch eine Frage, diesen Montag fragt sie, *was ist eure Lieblingsspeise*, und jedes Kind sagt etwas, bei manchen fragt sie genauer nach, und dann reden wir im Sitzkreis darüber. Die meisten Kinder sagen *Spaghetti Bolognese* oder *Schnitzel mit Pommes*, ich sage *Himbeeren*.

Lena hat einen dunklen, langen Zopf, der ihr über den ganzen Rücken fällt. Von hinten sieht sie aus wie die schönste Porzellanpuppe meiner Tante. Porzellanpuppen darf man nicht anfassen, um mit ihnen zu spielen. Man darf sie nur vorsichtig von ihrem Platz nehmen, um sie zu frisieren und umzuziehen, *und zu putzen*, sagt meine Tante. Für mich klingt das fast wie spielen. Lena darf ich anfassen und frisieren. In der Pause lässt sie mich ihre dicken Haare flechten. Es wird nicht so schön, wie wenn es ihre Mama macht. *Ist egal*, sagt Lena, *Mama hatte sechs Jahre zum Üben*. Sie schiebt sich ihre rote runde Brille, die sie zum Haare machen abgenommen hat, wieder auf die Nase. Tamara nennt Lena eine *blöde Brillenschlange*. Lena nimmt die Brille wieder ab. *Du bist nur neidisch*, sage ich. Tamara hat kurze braune Locken, *Haare, die man nicht frisieren kann*. Tamara dreht sich um und geht, aber ich weiß, dass sie wiederkommen wird, weil sie Lenas Brille in Wirklichkeit gar nicht blöd findet. Dann kann ich ihr sagen, dass man ihre Haare auch frisieren und vielleicht sogar flechten kann. Nach der Schule sage ich Mama, dass ich mir einen Puppenfrisierkopf wünsche. Mama sagt, *ich finde solche Köpfe gruselig, weil der Körper fehlt.* Ich denke, dass es doch darum bei so einem Kopf geht.

Meine Mutter hat viele Freundinnen. Manche kennt sie schon, seit sie ganz klein ist. Sie ist mit ihnen zur Schule gegangen oder kennt sie aus der Nachbarschaft. Sie hat sie alle behalten, und ihr Freundeskreis wächst Jahr für Jahr. Sie hat mehr Freundinnen in ihrem Handy gespeichert, als Kinder in meine Klasse gehen. Ich nehme mir vor, einmal auch so viele Freunde zu haben. Ich habe zwei beste Freundinnen in meiner Klasse, Lena und Tamara, und dann noch Barbara aus dem Kindergarten, die ich aber nicht mehr sehe. Die meisten anderen Kinder aus meiner Klasse mögen mich auch, also zähle ich alle, in deren Freundschaftsbuch ich mich eingetragen habe, mit. Insgesamt komme ich auf zwölf Freundinnen. Das sind viel mehr, als ich Jahre alt bin. Meine Mutter ist einunddreißig Jahre alt. Ich weiß nicht, wie viele Freundinnen sie hat, aber ich denke, es sind viel mehr als einunddreißig.

Lenas Mutter geht mit uns in ein Geschäft, in dem es Puppen für ältere Mädchen gibt, die schon auf ihre Puppen aufpassen können. Es sind keine Frisierpuppen. Jede Puppe sieht anders aus und hat einen eigenen Namen. Ich suche mir eine mit langen dunkelbraunen Haaren aus, die Lotte heißt, und Lena wählt eine Puppe mit ein bisschen kürzeren Haaren, die dunklere Haut hat und Alex heißt. *Wie ihr beide*, sagt Lenas Mutter, und wir nicken. Wir sind jetzt nicht nur fast Schwestern, sondern auch Puppenmamaschwestern.

Wir spielen verstecken. Die ganze Wohnung ist unser Abenteuerspielplatz. Überall rennen und kreischen Kinder, während die Erwachsenen Spritzwein trinken. Mein Herz pocht, und ich renne, so schnell ich kann, und klettere auf den Schlafzimmerschrank meiner Eltern. Es ist dunkel, und ich weiß nicht, worauf ich gerade liege, aber es kratzt mich, weil ich nur eine Unterhose trage. Ich höre jemanden in dem Schrank unter mir kichern und dann leise Schritte näher kommen. Wenn ich mich mit Dominik gemeinsam verstecke, nimmt er manchmal meine Hand, und ich lasse ihn. Wo er sich jetzt gerade versteckt, weiß ich nicht. Vielleicht hält er Lenas Hand oder die Hand von jemand anderem.

Magst du Dominik?, fragt Tamara mich am nächsten Tag in der großen Pause. *Nein*, sage ich, weil man auf so eine Frage nicht *ja* sagen kann. Als wir in der letzten Stunde Turnen haben, wählt Dominik mich nicht in seine Mannschaft, obwohl ich eine der besten im Völkerball bin. Nach dem Glockenläuten geht er, ohne mich anzusehen, zu seiner Mutter, die mit seiner Schwester vor der Schule wartet.

Vor dem Einschlafen ordne ich meine Kuscheltiere. Die meisten haben keine Namen. Ich habe ihnen Buchstaben von A bis J zugeteilt. Ich habe so viele Kuscheltiere in meinen Armen, dass ich, um sie alle zu berühren, so daliege, wie Jesus am Kreuz hängt. Ganz links in meinem Arm fängt ein kleiner Hase mit A an und die anderen Tiere, B–J, wandern von links neben ihm über meinen Brustkorb bis zu den Fingerspitzen meiner rechten Hand. So kann mich nachts niemand erschießen, denke ich und fühle mich schuldig, weil die Kuscheltiere mich schützen, aber selbst in Gefahr sind.

Ich wünsche mir eine Katze, eine Freundin für meine Kuscheltiere, aber eine, die sich bewegt und ihnen beim Beschützen hilft, eine, die auch kämpfen kann. Im Burgenland bei meinen Großeltern ist manchmal eine, sie ist orangerot. Bei meinen Urgroßeltern auf dem Hof gibt es eine weiße Katze. Mein Vater hat eine Katzenhaarallergie. Zu meinem siebten Geburtstag schenkt er mir eine große weiße Stoffkatze in einem roten Baumwollbeutel. Ich gebe ihr keinen Namen, sie ist einfach nur die Katze. Die Katze hat große dunkelgrüne Augen und ist von Sigikid. Meine Eltern erklären mir, dass Kuscheltiere von dort teuer sind. Ich nehme die Katze überallhin mit, auch in die Schule. Mein Vater sagt, *irgendwann wirst du die Katze nicht mehr mit in die Schule nehmen wollen.* Am Abend verspreche ich der Katze, sie immer überallhin mitzunehmen.

Als mein Bruder eingeschult wird, fährt uns mein Vater nur noch selten zur Schule, aber wenn er uns fährt und wir zu früh sind, darf ich nicht mehr auf dem Beifahrersitz sitzen, und wir schauen auf dem kleinen Fernseher an der Hinterseite des Sitzes *Der rosarote Panther*. Ich sage ihm, dass Kinder, die vor der Schule fernsehen, nicht lernen können, und mein Bruder singt *Wer hat an der Uhr gedreht?* Ich weiß, dass mein Vater ihm niemals, bevor es wirklich sein muss, den Fernseher abdrehen wird, weil es sonst ein Gebrüll gibt.

Ich weiß, dass Gott Regeln macht. Ich weiß, dass nur die Erwachsenen sie brechen dürfen. Ich weiß nicht, warum immer nur die Kinder zur Beichte müssen und die Erwachsenen nicht. Ich frage meine Erzieherin. *Sitz nicht so breitbeinig da, wenn du einen Rock trägst. Das kann auch Sünde sein.* Ich trage den Rock nicht freiwillig und verstehe deshalb nicht, warum es dann meine Schuld ist, wenn man meine Unterhose sieht. Ich frage mich, warum Gott dann überhaupt will, dass die Mädchen Röcke tragen, wenn er keine Unterhosen sehen will. Ich glaube, meine Erzieherin will, dass ich über Gott und seine Meinung zu Röcken und Unterhosen nachdenke. Sie will nicht, dass ich über Gott und seine Meinung zu Erwachsenen, die nicht zur Beichte gehen, nachdenke. Am Abend frage ich meine Mutter, wann sie das letzte Mal bei der Beichte war.

Im Werkunterricht bauen wir Wanduhren. Wir sollen ein Bild als Hintergrund für unsere Uhr malen. Ich male ein Weinglas. Meine Mutter stellt die Uhr ganz nach hinten ins Regal, wo niemand sie sehen kann. Wenn jemand fragt, wer diese Uhr gebaut hat, sage ich, *mein Bruder*.

Wir haben Haustiere, zuerst einen Hamster, und als der Hamster stirbt, zwei Kaninchen, Miki und Milli. Meine Mutter beschließt, dass es den Tieren auf einem Bauernhof besser gehen würde. Ich stelle mir mein weißes Kaninchen mit den Schlappohren und den braunen Flecken vor, wie es auf meinem Schoß sitzt. Meine Beine sind so dürr und Milli so groß, dass sie droht, auf beiden Seiten gleichzeitig von meinem Schoß zu rutschen. Ich stelle mir vor, wie sie mit Miki über weite grüne Wiesen hoppelt, inmitten von anderen Kaninchen und Bauernhoftieren, und überlege, wie es wäre, wenn meine Mutter auch mich dort abgegeben hätte.

Mama macht mit mir eine Reise. Eine Auf-dem-Teppich-liegen-Körperreise, bei der ich alles spüren kann. Ich versuche ganz still zu liegen, und ihre Stimme erzählt mir von meinen großen Zehen bis hinauf zu meinem Kopf. Ich will alles spüren. Ich glaube, dass das später wichtig ist.

Mein Lieblingsbuch ist das Märchenbuch mit den goldenen Seitenkanten, aus dem meine Großmutter uns vorliest. Mein Bruder will immer die Geschichte von Mogli hören, auch wenn meine Großmutter sagt, dass Mogli gar kein Märchen ist. Meine Lieblingsgeschichte ist die von den zwölf tanzenden Prinzessinnen. Jeden Abend schleichen sich die Prinzessinnen nach draußen, um zu tanzen. Bis in meine Träume schaffen sie es. *Bau dir deine Prinzessinnenwelt,* sagt Mama, wenn ich nicht schlafen kann.

Wir sind zu Besuch bei meinem Onkel Hans und meiner Tante Helga. Sie ist die Taufpatin meines Bruders. Weil mein Bruder nächste Woche Geburtstag hat und bald Sommer ist, schenkt sie ihm Sonnencreme. Meine Taufpatin lebt in Italien, manchmal bekomme ich eine Postkarte von ihr. Ich weiß nicht, warum sie nicht mehr in Wien lebt. Ich bin froh, dass ich keine Sonnencreme zum Geburtstag bekomme. Helga hat einen Garten, in dem alles ganz gerade wächst oder kurz geschnitten ist. Er sieht so anders aus als der Garten bei meinen Großeltern, obwohl Helga ganz in der Nähe wohnt. Bei meinen Großeltern gibt es viele Himbeer- und Ribiselsträucher, die so dicht wuchern, dass nur meine Großmutter wirklich alle Beeren pflücken kann. Außerdem gibt es eine Laube und im Sommer einen Aufstellpool, in dem das Wasser immer überzuschwappen droht. Vielleicht weil meine Großeltern auf einem Berg wohnen. Helgas Garten liegt eben und der Pool ist in den Boden eingelassen. Wir dürfen nicht schwimmen gehen, weil die Erwachsenen beim Kaffeetrinken nicht auf uns schauen können und unser Cousin und unsere Cousine keine Lust dazu haben. Also spielen wir Zaubertrankmischen. Wir haben im Vorzimmer eine rote Plastikschüssel gefunden, die unser Kessel ist, und befinden uns jetzt auf einer gefährlichen Zauberreise. Wir suchen nach den Geheimzutaten für den Trank, der uns Flügel wachsen lässt und uns unsterblich macht. Wir haben bereits Blumenblätter in fünf verschiedenen Farben gesammelt und eine Menge kleiner Stöcke, als Helga in den Garten kommt. In ihren weißen Schuhen mit den lauten Absätzen rennt sie auf uns zu. In ihrer Hast knickt sie dabei zweimal fast um. Sie reißt mir die rote Plastikschüssel aus der Hand und starrt uns entsetzt an, bevor sie nach unseren Eltern brüllt. Im Auto auf der Rückfahrt sagt lange keiner etwas. Schließlich dreht sich meine Mutter zu mir nach hinten und sagt, *deine Tante hat mir eine Hose für dich mitgegeben, die ist deiner Cousine zu klein. Die Hose ist noch ein bisschen groß für dich, aber nächstes Jahr könnte sie passen.* Ich schlucke, so wie meine Cousine will ich auf keinen Fall aussehen.

Wir spielen Krieg. Alle sind mit Pfeil und Bogen, Pistole, Holzschwert oder Armbrust bewaffnet. Ich habe ein Schwert in der rechten und eine Pistole in der linken Hand. Ganz still stehe ich hinter einer halb geöffneten Tür. Wenn die Patwins hereinkommen, werde ich sie mit meinem Schwert niederstrecken. Plötzlich spüre ich eine Hand über meinem Mund. Jemand hebt mich von hinten hoch, *wir haben die letzte*, schreit Dominik triumphierend, *stellt sie vors Gericht*. Mit einem roten Seil bindet er mir die Hände zusammen und setzt mich neben die anderen Karioki-Indianer. *Jetzt machen wir ihnen kurzen Prozess*, sagt er, und Thomas und die anderen Patwins kreischen vor Freude.

Papa darf mit Schuhen durch die Wohnung gehen, obwohl das sonst nur Gäste machen. Papa ist so oft nicht da, deshalb darf er alles, wenn er da ist, sogar Abendessen vor dem Fernseher.

Wenn es warm genug ist, spielen wir draußen. Dann kämpfen wir nicht mit Holzschwertern und Pistolen, sondern mit langen Stöcken und Steinen. Wir legen Bienenbomben und erobern ganze Waldstücke. *Was ist eine Bienenbombe?*, fragt Tamara misstrauisch. Ihre Mutter erlaubt ihr sonst nie, mit uns in den Wald zu kommen. *Bist du Karioki?*, frage ich, und sie sagt, *ja. Beweis es*, sage ich. Sie steckt die Hand in ihre Hosentasche und holt drei Steine heraus, auf einem ist ein Kreuz gemalt. *Na gut*, sage ich und ziehe sie hinter einen Baum. *Siehst du den gelben Kübel, der da vorne halb vergraben ist?* Sie nickt. *Da drin sind tausend Bienen, die Ralph stundenlang geärgert hat. Sobald der Kübel ausgegraben ist, gehen sie auf alle los, die in der Nähe sind. Wow*, haucht Tamara. *Weißt du, was da noch drin ist?*, frage ich. Sie schüttelt den Kopf. *Dominiks Brille*, sage ich. Endlich versteht Tamara, und nun lächelt auch sie verstohlen. Ihre Hose hat keine Löcher, und sie trägt ein weißes T-Shirt ohne einen einzigen Fleck. Sie tut mir leid. Es wird bald Abend, und es sieht aus, als hätte sie heute noch gar keinen Spaß gehabt. Sie trägt sogar Turnschuhe. *So fällst du hier im Wald total auf*, sage ich, *und deine Schritte hört man auch viel lauter*. Ich deute auf meine dreckigen dunklen Füße und meine zerrissene kurze Hose, *so zieht man sich im Wald an*, sage ich. *Wo ist dein T-Shirt?*, fragt sie. Ich zucke nur mit den Schultern, *wir haben ein Seil gebraucht und alles zusammengeknotet. Kriegst du keinen Ärger*, fragt Tamara, *wenn du so nach Hause kommst?* Ich verstehe nicht, was sie meint, es ist doch mein T-Shirt. Ob ich es trage oder es als Seil benutze, ist meiner Mutter egal. *Ich höre sie*, flüstere ich, *komm versteck dich, gleich siehst du wie eine Bienenbombe einschlägt.*

Als Thomas es schafft, sechs Regenwürmer nacheinander zu essen, ohne eine Miene zu verziehen, darf er auch ein Karioki sein. Wir laufen mit allem, was wir am Körper tragen, in den grünen Tümpel und spritzen uns nass. Danach kämpfen wir mit Stöcken. Der Verlierer muss zurück zu den Eltern und so viele Süßigkeiten mitbringen, wie es zu holen gibt. Kaum jemand schafft es, mich zu treffen. Ich bin schnell und trete fester als die meisten anderen.

Am Wochenende sind wir bei meinen Großeltern im Burgenland. Mein Bruder und ich liegen links und rechts im Arm meiner Mutter. Sie nennt mich Hühnchen, weil ich so dünn bin, und meinen Bruder Schweinchen, weil er bei der Geburt dick und rosa war. Sie gibt vor, uns zu beißen, um zu kosten, ob ihr Hühnchen oder Schweinchen besser schmeckt. Dann kitzelt sie uns und singt *Drund' im Burgenland.* Ich mag das Lied, weil es von einem Zuhause-Gefühl erzählt, von einem jungen Mädchen, und ich es mag, wenn meine Mutter für uns singt.

Wir spielen nicht nur, wenn es hell ist, sondern auch nachts miteinander. Wenn ich bei Lena übernachten darf, erzählen wir uns Geschichten, die manchmal so schlimm werden, dass wir nach Lenas Mutter rufen müssen. Wir machen ein

Schattentheater mit unseren Händen und Füßen und spielen Schokoladenfabrik, mit der Schokolade, die wir untertags in Lenas Zimmer versteckt haben. Manchmal spielen wir auch Mutter-Vater-Kind. Wir legen die Kinderpuppe schlafen und anschließend spielen wir Sex. Das Spiel beginnt meistens so, dass sich eine von uns in Leintücher und Decken wickelt und ganz still daliegt. Sogar der Kopf ist dann eingewickelt, *wie in der Kirche*, sagt Lena. Die andere spielt den Ehemann, der seine Frau Schicht für Schicht aus den Kleidern befreit und ihr dabei sagt, wie hübsch sie ist und wie gut sie ihm gefällt. Wenn die Ehefrau ganz ausgewickelt ist, legen Lena und ich uns aufeinander. Wir bewegen uns auf und ab, und ich kann ihren Elmex-Atem auf der Haut spüren. Ich mag, wie warm Lenas Körper zwischen den ganzen Decken ist, und ich mag es, wenn sie sich auf mir hin- und herschiebt und es in meinem Bauch kribbelt.

Meine Mutter zupft mir die Nissen aus den Haaren. Zwischen den Fingernägeln hält sie jedes Haar einzeln fest. Mit Daumen und Zeigefinger zieht sie die tropfenförmigen Lauseier heraus. Sie ist sehr genau, *mit dem Nissenkamm hätte das keinen Sinn*, meint sie, und ich bin froh darüber, denn die langen Metallzacken machen mir Angst. Einmal habe ich versucht, mich mit ihrem dünnen rosa Plastikkamm zu frisieren, doch die Zacken waren zu verbogen, als dass ich durch meine Haare gekommen wäre. Ihn wieder herauszuholen, hat wehgetan. Meine Mutter toupiert sich jeden Morgen die langen dunkelroten Haare, *für mehr Volumen*, sagt sie, ganze Haarspraywände sprüht sie, und ich muss vor der Schule immer husten, wenn wir gemeinsam im Bad stehen. *Du hast die Haare deines Vaters.* Damit alles richtig sitzt, nimmt sie den rosa Kamm zu Hilfe. Sie fährt sich von unten nach oben durch das klebrige Haar, gegen den Strich, wie man ein Tier niemals streicheln darf. Sie ist in Eile. Wenn sie meine Haare durchsucht, meine Kopfhaut abtastet, ist sie ganz ruhig. Auch wenn es manchmal zieht, mag ich das Gefühl und sitze gerne auf dem Hocker, lasse meinen Kopf von ihr drehen und mich ins rechte Licht rücken. Ich weiß, dass Läuse Parasiten sind und sie mein Blut saugen. Deshalb schlafe ich schlecht, wenn ich nicht sicher weiß, dass Mama alle Nissen gefunden hat. Ich bitte sie, doppelt und dreifach so gut nachzusehen, und wir verbringen noch eine Stunde im Badezimmer. Am nächsten Morgen gehen mein Bruder und ich mit ganz klebrigen Haaren in die Schule. Meine Mutter hat die Packungsbeilage nicht richtig gelesen, und die zweite Lausshampooflasche, die sie für Trockenshampoo hielt, hätte man auch auswaschen müssen.

Sonntagabend ist mein Vater meistens zu Hause. Dann liegt er auf der beigen Couch, mit offenem Hemd, ohne Krawatte, noch mit den Schuhen an den Füßen. Sonst trägt bei uns niemand im Wohnzimmer Schuhe. Wenn mein Vater früh genug zu Hause ist, sieht er sich *Nur die Liebe zählt* an, und wenn es eine gute Folge ist, weint er ein bisschen. Meine Mutter bringt ihm oft etwas zu essen, Radieschen und Brot und Aufstrich auf einem runden Holzbrett. Manchmal setzt sie sich zu ihm, manchmal liest sie, manchmal weiß ich nicht, wo sie ist. Bevor wir schlafen gehen, sagen wir meinem Vater *gute Nacht*. Wir kommen im Pyjama ins Wohnzimmer, er richtet sich kurz auf, sieht uns an, sieht nicht mehr auf den Fernseher und drückt uns. Im Hintergrund redet Kai Pflaume über zwei, die sich gesucht und gefunden haben, und wir müssen *gute Nacht, Papa* sagen, und mein Vater sagt, *schlaft gut.* An Sonntagabenden ziehe ich immer meinen schönsten Pyjama an.

Bei Pellet zu Hause ist es am allerbesten. Sein Vater ist Jäger. Es gibt nicht nur Spielzeugwaffen, sondern auch echte Schwerter und sogar zwei Quads. Während die Erwachsenen auf Bierbänken sitzen, Grillteller essen und trinken, spielen wir Räuber und Gendarm. Alle wollen Räuber sein, aber weil die zwei Gendarme beide Quads bekommen und jeder Räuber, den sie stellen, auch zum Gendarm wird, sind sie am Ende in der Überzahl. Man muss sich den Gendarmen natürlich nicht anschließen. Es gibt auch die Möglichkeit, freiwillig in Gefangenschaft zu gehen. Das bedeutet, sich zu den Erwachsenen an den Tisch zu setzen, Würstel zu essen und auf die nächste Runde zu warten. Wir werden alle zu Gendarmen. Ich fahre mit Pellet auf einem der Quads. Er hat mich gerade erst vor einem Brennnesselfeld gestellt. Ich habe mich ergeben, weil ich genau weiß, dass er mich ansonsten hineingestoßen hätte. Jetzt darf ich mitfahren und nach anderen Räubern Ausschau halten. Pellet hat das Quad besser im Griff als alle anderen. Er springt über Hügel, weicht nur knapp Bäumen aus und brettert durchs Unterholz. Plötzlich sehe ich ihn. Ohne Vorwarnung rennt mein Bruder aus dem Wald auf uns zu. *Stopp,* schreie ich, doch Pellet drückt weiter aufs Gas. Thomas sieht über die Schulter, er wird eindeutig verfolgt und sieht deshalb nicht, wohin er läuft. Es klingt, als würden Äste brechen, als wären wir im Unterholz. Thomas liegt am Boden und schreit. Ich springe vom Quad und knie mich neben ihn. *Er blutet nicht,* sagt Pellet, *aber er liegt da wie ein Hirsch. Hirsche liegen doch nicht so,* schreie ich. *Doch,* sagt

Pellet, *wenn man auf sie schießt schon.* Pellet darf als Einziger nicht auf Thomas' Gips unterschreiben.

Wir gehen barfuß durch die Stadt. Schon nach den ersten Metern sind unsere Fußsohlen schwarz. Wir legen uns auf den Zebrastreifen hinter der Kurve und machen die Augen zu. Wer nicht mindestens dreißig Sekunden liegen bleibt, ist ein Schisser. Schnell zählen ist verboten. Wir liegen aufgereiht wie die Sardinen, und ich muss an den Turnunterricht und das Sardinenspiel denken, das wir dort immer spielen. Es geht so: Alle liegen mit dem Rücken auf dem Boden des Turnsaals, immer zwei Kinder ganz eng nebeneinander, den Blick zur Decke gerichtet, nur zwei Kinder liegen nicht, einer ist der Fänger und der andere der Gejagte. Der Fänger muss versuchen den Gejagten zu erwischen. Schafft er das, tauschen sie die Rollen. Der Gejagte muss sich, bevor er erwischt wird, neben eines der Sardinenpaare legen, sodass nun drei Kinder nebeneinanderliegen. Das Kind von dem vorherigen Paar, das nicht in der Mitte liegt, steht auf und ist der neue Fänger. Der alte Fänger ist nun der Gejagte. Es ist wie das Zebrastreifenspiel, nur mit Fänger und ohne Zählen. Am Vormittag liege ich auf dem Boden des Turnsaals, am Nachmittag auf dem Zebrastreifen. Dominik zählt langsam von hundert rückwärts, und ich spüre Lenas verschwitzten Arm an meinem. Links von mir liegt niemand. Ich schaue in den Himmel, will gar nicht die Erste sein, die das Auto sieht. Dominik wird von einem Auto angefahren, *am helllichten Tag unter der Woche auf einem Zebrastreifen,* empört sich seine Mutter. Er muss einen Rückengips tragen und ich auf seinen Gips bunte Tiere malen. Er erzählt, dass seine Mutter für ihn, *nur* 500 Euro Schmerzensgeld bekommt. Seitdem will ich weder das

Zebrastreifen- noch das Sardinenspiel spielen, und deshalb muss ich während des Turnunterrichts auf der Bank sitzen.

Als ich zum ersten Mal höre, dass, wenn man stirbt, die Seele den Körper verlässt und man noch einmal sein ganzes Leben an sich vorbeiziehen sieht, lässt mich diese Vorstellung nicht mehr los. Nächtelang träume ich nur davon, mein Leben von oben zu sehen. Meine Seele sieht aus wie ich, nur durchscheinend, sie trägt ein weißes transparentes Kleid mit dunkelorangem Blumenaufdruck und dazu passendem Hut. Immer, wenn ich meinen Kleiderschrank öffne und das Kleid ansehe, denke ich an den Tod. Ich schwebe in den Himmel und meine gut gekleidete Seele winkt den immer kleiner werdenden Erinnerungsmenschen zu.

Oma ist da, Mama ist weg. Niemand sagt mir warum. Oma sagt nur, dass Mama krank ist, aber Mama ist nie krank. *Ich werde nicht krank*, sagt sie. Alte Menschen und Kinder werden krank. Kinder werden wieder gesund und alte Menschen sterben. Manchmal sterben auch Kinder, das ist unfair, *aber diese Kinder liebt Gott ganz besonders*, sagt meine Oma. Meine Oma glaubt an Engel. Ich frage mich, ob Engel kleine blonde tote Kinder sind, aber ich will Oma nicht fragen. Auf dem Friedhof spielen Thomas und ich zwischen den Kindergräbern. Er kann die viel zu hellen Buchstaben auf den kleinen Steinen noch nicht lesen. Ich lese ihm Namen und Todesdaten vor und denke mir Todesursachen aus. Als ich kleiner war, dachte ich, die Todesursache würde auch auf den Steinen stehen. Seit ich lesen kann, weiß ich, dass unter *Name* und *Alter* meist die immer gleichen Sprüche stehen. Der Glaube an spannende Grabsteintexte ist für mich wie der Glaube an das Christkind. Ich erzähle Thomas von tragischen Unfällen und schweren Krankheiten, und wir reden noch, wenn wir im Bett liegen über diese vielen Menschen, die unter der Erde schon so lange auf Gesellschaft warten. Ich hoffe, Gott nimmt die Seele, bevor der Sargdeckel zugemacht wird. Ich hoffe, meine Seele ist schnell genug. Mama ist wieder da. Sie ist müde, aber sieht nicht aus wie Uropa, als er im Spital war. Vielleicht darf man erwachsene Menschen nur im Spital besuchen, wenn sie alt sind und nicht mehr ganz gesund werden. Es ist, als wäre Mama auf einem sehr anstrengenden Urlaub gewesen, über den sie nicht reden will. Oma fährt wieder und Mama tut, als wäre sie nie weggewesen.

Im Fasching gehe ich als Fleck. Mit bunter Plakatmalfarbe hat meine Mutter ganz viele Flecken auf die weiße Hose meiner Cousine gemalt. Dazu trage ich ein weißes T-Shirt mit bunten Flecken, das ich normalerweise nur zum Malen trage. Bevor ich zur Faschingsfeier in die Schule gehe, malt mir meine Mutter noch viele grüne, rote, blaue und gelbe Flecken ins Gesicht und gibt mir einen bunt gestreiften Haarreifen. Zusammen sehen wir in den Spiegel. *So kannst du gehen*, sagt sie, und ich weiß, dass es keinen anderen Fleck in der ganzen Schule geben wird. Ich stelle mir vor, wie meine hochnäsige Cousine in weißen Hosen herumgelaufen ist und ständig aufpassen musste, sich nicht dreckig zu machen. *Machst du ein Foto?*, bitte ich Mama und weiß, dass es ein toller Tag wird.

Als längst alle Eier gefunden sind und die Erwachsenen wieder zusammensitzen, sich um den kleinen Tisch drängen, an dem wir sowieso keinen Platz haben, sind wir bei den Tieren. Wir spielen bei den Hühnern und Schafen und manchmal auch in den Kornfässern oder im Heu. Werden wir zum Essen gerufen, kommen wir nur widerwillig. Meine Großmutter sieht mir abschätzig zu, wie ich den harten Dotter auf dem weichen Striezel zerdrücke, und mein Großvater nimmt, ohne ein Wort zu sagen, das gummiartige Eiklar von meinem Teller. Ich stopfe mir den Mund mit Dotterstriezel voll, während mein Urgroßvater am Kopfende des Tisches sitzt und mit rotem Kopf eine Geschichte erzählt, der ich nicht folgen kann. Ich glaube, heute ist ein guter Tag. Er lacht viel, und ich mag es, wenn er redet. Alle hören zu, essen und stoßen dabei mit den Ellbogen aneinander.

Ich mache wie die anderen im Halbinternat meine Hausaufgaben, als es an der Tür des Klassenzimmers klopft. Alle drehen sich um, die Tür öffnet sich, und meine Mutter schaut herein. Es wird erwartet, dass man alles selbst zusammenpackt und die Eltern draußen warten. Meine Mutter schließt die Tür wieder. *Kathlen abgeholt*, sagt Tamara, die eine Reihe hinter mir sitzt. Ich packe meine Sachen in die Schultasche und versuche die Blicke meiner Mitschüler zu ignorieren. Die meisten wenden sich ohnehin wieder ihren Arbeitsblättern zu, nur ein paar sehen noch neidisch zu mir herüber, weil ich schon so früh gehen darf. Ich sage, so höflich ich kann, *auf Wiedersehen*. Die Erzieherin nickt mir zu, und ich verlasse den Klassenraum. Als ich die Tür hinter mir schließe, weiß ich sofort, dass etwas nicht stimmt. Meine Mutter beugt sich zu mir herunter und nimmt mich in den Arm. Ich weiß nicht, wer von uns zuerst weint. *Urgroßvater ist in der Nacht im Spital gestorben*, sagt sie, und ich denke daran, wie er ausgesehen hat, als er das letzte Mal im Spital war, dass meine Mutter, kurz bevor wir sein Zimmer betreten haben, gesagt hat, *keine Angst, wenn ihr ihn nicht erkennt.* Sie hält mich an den Oberarmen fest und sieht mich an. Das tut sie sonst nie. Als wir an seinem Bett standen und er gelächelt hat, dachte ich, dass er gar nicht so krank aussieht, nur etwas dünner. Ich konnte die Augen nicht von dem Beutel abwenden, in dem sein Urin so neonorange aussah. Jetzt nicke ich unsicher, meine Mutter umarmt mich unter Tränen noch einmal. Ich denke an Ostern und frage mich, ob es auch für ihn ein guter Tag war.

Ich trage meine Bärenjacke, an die meine Oma große Holz-knöpfe genäht hat, weil die kleinen Häkchen für meine Fin-ger zu schwer zu schließen waren. Papa hält mich, und Papa weint. Mama sagt, ihr Opa wäre auch für Papa Familie gewe-sen. Ich verstehe nicht, warum sie das sagt. Natürlich gehört Papa zur Familie.

Ich verbringe viel Zeit damit, mir Himmel und Hölle vorzu-stellen. Der Himmel ist der Ort für mich, an dem mein Ur-großvater jetzt ist. Alles dort ist ganz sauber, und es gibt einen Schlafsaal mit vielen weißen Betten und blau-weiß karierter Bettwäsche, die mich an die Seiten in meinem Mathematik-heft erinnert. Gott ist auch dort, er ist eine Art friedlicher, großer, sprechender Wolkenberg, der immer lächelt. Wenn ich mir den Himmel vorstelle, ist mein Urgroßvater immer mit Gott alleine. Nicht einmal mein Hamster oder mein an-derer Urgroßvater sind dort. Die Hölle ist für mich ein roter, dunkler Ort, an dem ich mit anderen Kindern auf unserem dunkelgrünen Sofa sitze und Smarties aus einer Jausenbox esse, in die mir meine Mutter normalerweise Obst schnei-det. Auf einem kleinen Fernseher laufen Kinderserien, und der Teufel ist auch da, ständig mit Staubsaugen beschäftigt. Drehen wir den Ton des Fernsehers lauter, um ihn über den Lärm des Staubsaugers hinweg zu verstehen, brüllt der Teufel uns an.

Wir stehen im kurzen nassen Gras, und Papa hält meine Hand ganz fest. Es regnet nicht mehr, aber die Grabsteine sind immer noch dunkel. Ich drücke seine Hand, er sieht mich nicht an, sieht immer noch auf eine Stelle vor sich auf dem Boden. *Hier will ich beerdigt werden,* sagt er. Ich denke an Urgroßvater und die große braune Holzkiste um ihn herum mit den vielen Ecken. *Aber nicht liegend, in einem Sarg. Stehend, an der Bar. Genau so,* er lässt meine Hand los und stützt sich mit beiden Ellbogen auf einen unsichtbaren Tisch. *Und der Kurti, der soll da drüben stehen.* Er zeigt auf eine andere Stelle der nassen Wiese, wo das Gras platt getreten ist. *Dann ist da kein Gras mehr, sondern eine Glasplatte, durch die man uns sehen kann.* Er lacht. Ich greife wieder nach seiner Hand. *Du stirbst nicht, Papa.* Aber Papa lacht nur.

Zu meinem zehnten Geburtstag wünsche ich mir einen Baum. Niemand versteht warum. Trotzdem pflanzt mein Großvater einen neuen Birnenbaum, genau in der Mitte des kleinen Gartens, neben dem Haus. Jedes Wochenende bin ich dort und sehe nach meinem Baum. Er ist dünn und wächst so schief, dass mein Großvater ihn an einen Holzpflock binden muss. Er ist oft von Blattläusen befallen, und die Blätter haben auch im Sommer gelbe Flecken und kleine Löcher. Aber ich mache mir keine Sorgen, mein Großvater kümmert sich um ihn, und auch ich sehe jede Woche nach ihm.

Wir haben überall kleine Tiere, Milben und Bakterien, die über unsere Haut kriechen. Manchmal, wenn es mich grundlos juckt, bin ich sicher, sie zu spüren, und komme nicht umhin, mich zu fragen, was da in Minidimensionen auf mir vorgeht. Haben sie Streit, legen sie Eier, oder wollen sie, wie ich, gerade nur einschlafen und machen es sich bequem, wälzen sich von links nach rechts und kratzen sich am Bein. Im Biologieunterricht lernen wir, dass Tiere nicht wie Menschen sind und Menschen nicht wie Tiere. Warum gibt es dann so viele Gemeinsamkeiten oder bilde ich mir das nur ein, weil ich wie Konrad Lorenz bin und überall Dinge sehe, die gar nicht da sind. Verstehen meine Kaninchen mich oder nicht, und können Tiere mich überhaupt lieben, wenn sie nicht wie Menschen sind? Woher weiß ich sicher, wo ich dazugehöre, nur weil meine Eltern Menschen sind, muss das doch nicht für mich gelten. Bestimmt wirklich nur die Biologie das alles, die mich zwingt die Namen verschiedener Steine zu lernen und Pilze zu benennen, die auf dem zu dunkel kopierten Arbeitsblatt doch sowieso alle gleich aussehen. Es muss noch mehr geben, noch mehr, das mich von meinen Kaninchen unterscheidet als Größe und Ohren, und noch mehr, das die Sache mit meinen Eltern erklärt. Man wird nicht einfach fünfzigfünfzig gemischt, und so ist man dann, dominant und rezessiv spielen auch eine Rolle, da kann es schon einmal fünfundsiebzig zu fünfundzwanzig ausgehen. Zwar ist man dann auch auf hundert Prozent, aber was davon bin ich? Bei der Erstkommunionsvorbereitung besprechen wir, was uns ausmacht, und ich weiß es nicht. Wir dürfen auch etwas zeichnen, und ich weiß nicht mehr, was ich gemalt habe, weiß nur, wie unangenehm die Frage ist. Wir bereiten uns auf Gott vor, warum ist es dann wichtig, was uns ausmacht? Vor ihm sind wir alle gleich. Er mag es, wenn wir Kerzen für ihn anzünden, und deshalb bekleben wir eine Kerze mit bunten Wachsbildern, alle zusammen, als Gemeinschaft, weil es nicht um uns alleine geht, sondern darum, dass Gott sieht, dass wir alle zusammenhalten, zumindest in der Gruppe. Was andere Gruppen für eine Kerze machen, ist uns egal. Ich frage mich, was Gott wichtiger ist, viele schöne Kerzen oder viel Gemeinschaft? Niemand versteht meine Frage, doch sie beschäftigt mich. Es scheint mir eine Gratwanderung zu sein. Niemand mag jemanden, der immer gewinnt, und niemand mag Menschen, die immer allen alles recht machen. Ich frage mich, was Jesus für ein Typ war, und ob er seine Jünger beim Spielen hat gewinnen lassen. Ich mag Religion mehr als Biologie, aber die wichtigen Sachen lernen wir hier auch nicht.

Es ist das erste Mal, dass wir weiter wegfahren. Malaysien, ich präge mir das Wort gut ein und suche es auf meinem sprechenden Globus, der mir auch gleich die Hauptstadt verrät. Ich sitze auf einer der Holzbänke im Hotelgarten. Ich bin furchtbar hungrig, weil ich das Abendessen im Flugzeug verschlafen habe. Die Sonne blendet mich, während ich an einem Hühnerbein nage. *Du bist mit dem kleinen Knochen in der Hand einfach im Sitzen eingeschlafen,* sagt Thomas am nächsten Tag. Ich stelle mir vor, wie mein Kopf mit den vielen kleinen Zöpfen im Schoß meines Vaters liegt, aber was wirklich passiert ist, weiß ich nicht. Habe ich genug vom Meer oder dem Pool, gehe ich mit den anderen Kindern in die Spielhalle. Mit schweren Taschen kommen wir dort an und gehen erst, wenn die letzte Game-Over-Tonfolge erklungen ist und keiner unserer Väter mehr Kleingeld übrighat.

Nach dem Sommer kommen Lena und ich nicht auf dieselbe Schule. Die Schule, auf die Lena gehen wird, sei zu weit weg und zu teuer, sagt meine Mutter. Ich habe Angst, dass es wie mit Barbara aus dem Kindergarten wird. Lenas neue Schule dauert den ganzen Tag über, und zu Mittag gibt es Pizza. Meine neue Schule ist keine Pizzaschule, sondern an den meisten Tagen schon vor dem Mittagessen aus. Deshalb verbringe ich die Nachmittage im Büro meines Vaters. Es liegt genau gegenüber der neuen Schule, und ich bin lieber dort als in der Nachmittagsbetreuung. Wenn es läutet, laufe ich drei Stockwerke nach unten, überquere die Straße, drücke den Summer an der Tür und fahre dann mit dem Aufzug in den vierten Stock. Ich drücke auf den goldenen Klingelknopf und warte, bis Richard mir aufmacht und mich durch einen langen Gang, von dem viele Türen abgehen, in sein Zimmer führt, zu dem die Tür immer offen steht. Pizza oder etwas anderes zu essen gibt es hier nicht, aber das stört mich nicht, weil Richard mich immer anlächelt, wenn ich ihn etwas frage. Gemeinsam basteln wir kleine Papierflieger und versuchen sie auf dem Lampenschirm landen zu lassen, doch meist stürzen sie früher ab. Richard sagt, das sei der beste Teil seines Arbeitstages. Mein Vater sagt, *zumindest Papierflieger kann Richard richtig falten.* Manchmal zeichnen wir auch auf den großen weißen Tafeln, die überall herumstehen. Wenn ich einmal arbeite, dann nur an einem Ort, wo es auch so großes Zeichenpapier gibt. Mein Vater sagt, er brauche die Tafeln, um seine Ideen festzuhalten, und manchmal erzählt er mir davon. Meistens sagt er aber, ich würde sie ohnehin nicht verstehen.

Ich ziehe meine Kniestrümpfe, den Rock und mein Leibchen aus. Meine Haare hat meine Mutter zu zwei Knoten hochgesteckt. Das Bad ist blau gefliest und orange gestrichen. Als ich zu meinem Bruder in die Badewanne steige, sagt meine Mutter, *du siehst aus wie vierzehn.* Ich bin seit ein paar Tagen elf.

Papa pisst ins Waschbecken, weil *in dieser Wohnung ein Pissoir fehlt.* Papa wäscht sich nicht die Hände. Wir dürfen fast alles machen, und Papa macht sogar die Sachen, die wir nicht machen dürfen.

Ich werde krank, nicht so richtig, aber doch krank. Meine Lippen sind voller Fieberblasen, und ich bekomme hohes Fieber. Die Blasen an meinen Lippen nässen und tun weh. Selbst das Trinken quält mich, und essen kann ich gar nicht. Es ist nach ein paar Tagen nicht besser, und weil mir so schwindlig ist, dass ich manchmal beim Weg auf die Toilette stürze, kann meine Mutter mich nicht alleine zu Hause lassen. Meine Taufpatin kommt und passt auf mich auf, *in Italien ist es um diese Jahreszeit zu kalt,* sagt sie. Sie macht mir heiße Schokolade, und ich verbrühe mir die Zunge. Zu den Blasen kommt jetzt auch noch ein pelziges Gefühl hinzu. Zweimal am Tag bekomme ich mit einer Spritze einen körnigen beigen Brei in den Mund gespritzt. Er schmeckt widerlich, und ich schmecke ihn den ganzen Tag, weil die Körner in meiner Zahnspange hängen bleiben. Ich bin so krank, dass ich nicht einmal fernsehen kann und das Zeitgefühl verliere. Untertags liege ich auf dem Sofa im Wohnzimmer. Manchmal sind viele Menschen da, manchmal niemand, meist nur meine Taufpatin im Nebenzimmer. An einem Abend hebt mein Vater mich von der Couch hoch. Er trägt mich, einen

Arm unter meinen heißen verschwitzten Kniekehlen, der andere an meinem Rücken. Ich schmiege mich an ihn, denke, er bringt mich in mein Zimmer, weil es Zeit ist, schlafen zu gehen, doch er legt mich in eine eiskalte Badewanne. Ich schreie, aber es klingt nur in meinem Kopf laut. Mein Hals tut weh. Als mein Fieber anfängt zurückzugehen, spüre ich die Blasen in meinem Mund erst richtig. Meine Mutter will, dass ich versuche zu essen. Sie hat Fleisch püriert, doch ich verweigere es. Ich hatte schon Kreislaufprobleme, bevor ich krank wurde, aber jetzt bin ich noch leichter und mir wird bei jedem Aufstehen schwarz vor Augen. Sie sagt, *wenn du nicht isst, fahren wir ins Spital.* Ich esse nicht, und wir fahren trotzdem nicht ins Spital.

Du hast die grünen Katzenaugen, die Schlauchbootlippen und dein Temperament von deinem Vater, sagt sie, und ich denke, ich habe die feingliedrigen, dürren Hände, die langen Beine und die hohen Wangenknochen von dir.

Männer sind dazu da, die Mikrowelle zu bedienen, im Anzug auf der Couch zu liegen und *Nur die Liebe zählt* zu schauen. Papa weint oft, wenn Kai Pflaume spricht und auf Beerdigungen. Papa lacht, wenn ich etwas falsch mache.

Wie jedes Jahr fahren wir gemeinsam mit Freunden meiner Eltern in den Skiurlaub. Wir haben ein Zimmer in einem Hotel mit vielen Gängen, die alle gleich aussehen. Jede Familie hat ein großes Zimmer, und wir sind alle im selben Stockwerk. Alle anderen Kinder laufen durchs Hotel, als hätten sie schon immer hier gewohnt. Wenn sie etwas vergessen haben, fragen sie nach der Schlüsselkarte und holen es sich aus dem

Zimmer. Egal, wie sehr ich mich konzentriere, ich finde unser Zimmer nie auf Anhieb. Nicht einmal, wie man zum Speisesaal kommt, kann ich mir merken. Ich denke mir ein System aus, wie ich die wichtigsten Orte wiederfinden kann. Mit meinen zwei Mickey Mouse-Stempeln bedrucke ich meine Unterarme. Die Stempelfarbe zeigt das Stockwerk an, Mickey oder Minnie zeigen an, ob sich der Raum im rechten oder linken Teil des Gebäudes befindet, und die Häufigkeit und Ausrichtung der Stempel stehen für die Richtungen, die man bei Abzweigungen einschlagen muss. Einen ganzen Tag lang teste ich mein System, und zum ersten Mal habe auch ich das Gefühl, mich wie die anderen frei bewegen zu können. Ich habe keine Angst mehr, nicht zurückzufinden, und denke mir auch keine Vorwände mehr aus, damit jemand mich begleitet. Als meine Mutter mich am Abend auffordert, nach meinem Bruder in die Badewanne zu gehen, weigere ich mich. Nach dem nächsten Tag Skifahren ist die Farbe auf meinen Unterarmen trotzdem verlaufen, und Mickey und Minnie sind kaum noch zu erkennen.

Ich sehe meiner Mutter zu, wie sie duscht. Ich bin gerne da, wo sie auch ist. *Hoffentlich bekommst du nicht so einen Fettarsch wie ich*, sagt sie, und ich sehe nicht, was an ihrem Hintern falsch sein soll, aber habe Angst, ihn auch zu bekommen. Ich bin froh, meinen Hintern nicht richtig im Spiegel sehen zu können.

Am letzten Abend gehen wir alle gemeinsam in den Ort, um uns den Perchtenlauf anzusehen. Obwohl es stärker schneit als die Tage zuvor, ist viel los. Schon bald werden aus unserer großen Gruppe viele kleine Gruppen. Mein Vater und ich haben die anderen verloren. Wahrscheinlich sehen sie auch dem Perchtenlauf zu und frieren, genau wie wir, aber unter den vielen Menschen können wir sie nicht sehen. Die Laternen sind ausgeschaltet worden, nur die Fackeln der in Felle und Masken gekleideten Männer erhellen die Straße. Ich stehe ganz dicht bei meinem Vater, während zwischen all dem Schnee die Perchten brüllen und die Menschen johlen. Als es vorbei ist und wir zurück zum Hotel gehen, nach den anderen Ausschau halten, bleibt mein Vater plötzlich stehen. Ich weiß, er wird mir sagen, er muss weggehen, und ich will es nicht hören. Umständlich geht er in die Knie. Nun ist er viel kleiner als ich, und ich sehe zu ihm hinab. Er sieht zu mir auf. Ich spüre Tränen, sie sind heiß und feucht auf meinen kalten Wangen, und ich weiß nicht, ob mein Vater etwas gesagt hat, bevor uns die anderen entdecken.

Abends im Bett träume ich von Dotterland. Ich beiße auf meine Unterlippe, bis sie blutet, und sauge daran. Der metallische Geschmack erinnert mich an den Dotter meines weich gekochten Frühstückseis. Ich stelle mir einen Dottersee, einen Dotterwald und einen Dotterprinzen auf einem Dotterpferd vor. Eine Welt ohne Eiklar, in der es nur diesen warmen dunkelgelben Geschmack gibt. Das Eiklar muss ich in der Früh trotzdem essen. Nur am Wochenende nicht, da tauscht mein Großvater mit mir, Weiß gegen Gelb. Das ist meine Prinzessinnenwelt.

Der Boden ist aus Lava. Wir spielen auf dem abgewetzten braunen Sofa, dem wackligen Couchtisch und den Küchenstühlen, die wir im Raum verteilt haben. Der Teppich zählt nicht. Einen Ball haben wir nicht, wir werfen uns stattdessen Dinge zu. Eine Stehlampe, den Toaster, ein Buch, irgendwann fliegt mir eine Cornflakes-Schachtel zu. Ich fange sie auf, wie ich alles aufgefangen habe, will sie weiterwerfen, weil das Spiel nun mal so geht. Fang alles, behalte nichts, und der Boden ist aus Lava. Bevor ich die Schachtel richtig festhalte, verwandelt sie sich. Ich bin so erstaunt, dass ich mich nicht rühren kann. In meinen ausgestreckten Händen halte ich ein Baby. Es ist dick, trägt einen gelben Body und ist vom Schreien und Weinen ganz rot im Gesicht. Ich weiß nicht, was ich tun soll, wie ich das Cornflakes-Schachtelkind trösten kann. Ich kann nicht weiter über diese Frage nachdenken, denn das Baby verwandelt sich erneut. Es ist eine säuglingsgroße Ratte. Grau, mit kahlen Stellen, gelben Zähnen und roten Augen. Sie schreit, nicht wie das Cornflakes-Schachtelkind, sondern schrill und abgehackt. Es ist mehr ein langgezogenes Quieken als ein Schrei. Und ich schreie, während ich sie halte, wie ich zuvor das Kind gehalten habe, das ich so gerne trösten wollte.

Ich weine, werde wütend, kann nicht verstehen, warum Mama nicht traurig ist. *Es ist doch auch deine Familie.* Ich weiß, dass sie es nicht hören will. *Ich habe mich auch einmal so gefühlt,* sagt sie. Ich denke daran, dass sie früher mehr geweint hat, ich denke daran, dass sie es jetzt vielleicht nur noch heimlich tut. Ich weiß, dass ich es ihr schwerer mache. *Die letzten Jahre war es so, als würde ein Messer in meiner Brust stecken.*

Rechts neben der Haustür, gibt es zweiundzwanzig Klingelknöpfe, neben allen steht ein Name oder Top und dann die Türnummer. Neben unserem Klingelknopf steht ein ausländischer Nachname, der mit D beginnt und den ich nicht aussprechen kann. *Wir sind Familie Sonnenschein, wir brauchen unseren Namen nicht auf ein Klingelschild zu schreiben, um zu wissen, wo wir wohnen,* sagt meine Mutter. *Ich weiß,* sage ich, und ich weiß auch, dass sie nicht will, dass mein Vater uns findet.

Eine Woche wohnen wir jetzt schon in der neuen Wohnung. Wo mein Vater jetzt wohnt, weiß ich nicht. Meine Mutter fährt jeden Tag zum Duschen in die alte Wohnung zurück. *Weil dort der Wasserdruck besser ist,* sagt sie. Dort kann ich ihr nicht mehr zusehen. Ich stelle mir die großen leeren Räume und die kahlen Wände vor. Nur ein kleiner Haufen Kleidung, ein Handtuch, meine Mutter und der Wasserdruck. Ich frage mich, wann sie den Schlüssel zurückgibt. Irgendwann duscht sie in der neuen Wohnung, auch wenn das dort nur im Sitzen geht.

Papa geht mit mir ins Kindertheater. Wir treffen uns vor der Schule, das hat Mama ausgemacht. Obwohl sein Büro direkt gegenüberliegt, ist er zu spät. Früher war ich gerne im Kindertheater. Das war immer am Mittwoch, und die Schule war dann später aus. Die Stühle sind zu klein, und wir gehen nach den ersten Minuten wieder. Wir essen gemeinsam in einem Restaurant, in dem das Essen zu lange nicht kommt und Papa ständig auf die Uhr schaut. Danach bringt er mich zurück zur Schule, als würde ich dort wohnen. Während ich mit der U-Bahn nach Hause fahre, habe ich Angst, dass Papa jetzt nie wieder etwas mit mir unternimmt. Ich erzähle niemandem vom Kindertheater, außer Tamara, weil sie fragt, warum wir am Wochenende nie bei Papa sind. *Er hat sich Mühe gegeben*, sage ich. *Er hat das Stück ja nicht selbst geschrieben*, sagt Tamara. Papa holt mich danach nicht mehr ab.

In der neuen Wohnung darf ich die Wand über meinem Hochbett bemalen. Ich habe zwar kein eigenes Zimmer, aber eine eigene Wand, denke ich und male Planeten, Bäume und Kiki aus meinem Lieblingsfilm. In der alten Wohnung habe ich Porzellanpuppen gesammelt. Ich habe sie Glaspuppen genannt. Ich denke an die Puppensammlung meiner Tante und stelle mir vor, wie ich sie einmal erben und in einem Haus voller Puppen wohnen werde. Meine ersten beiden Puppen waren sehr groß und dunkelhäutig, die erste hatte dicke Zöpfe, die zweite wallende Locken. Ich nannte sie Reiko und Mononoke. Ich hatte insgesamt neun Porzellanpuppen, es waren sogar zwei Puppenjungen dabei. Nach dem Umzug waren alle neun verschwunden.

Dominik ist jetzt mein Freund. Er hat seine Haare bunt gefärbt, seine dunkelbraunen Augen mit den langen Wimpern haben sich nicht verändert. Dominik trägt immer noch Austria-Trikots und ist immer noch ein bisschen kleiner als ich, aber wenn wir im Wald auf dem Hang stehen, ist er größer. Sein Vater hat eine neue Arbeit als Bäcker, und seine große Schwester ist schon fünfzehn, hat aber immer noch die gleichen dunklen Augen wie er.

Meine Mutter geht zur Wahrsagerin, die sagt, dass aus meinem Bruder einmal ein Herzensbrecher und aus mir eine Malerin wird. Lenas Mutter malt nach der Arbeit manchmal, bei ihr gibt es immer Leinwände für uns. Ich spüre, dass meine Mutter nicht glaubt, ich könne Malerin werden. Als ich sie danach frage, gibt sie es zu. Ich will nicht Malerin werden. Trotzdem bringe ich meinem Bruder bei, wie er seinem dreiköpfigen Drachen gefährliche Augen zeichnen kann.

Papa ist kein richtiger Papa. Richtige Papas holen ihre Kinder am Wochenende ab, Ausflugpapas, oder schicken Geld für Essen und Schulsachen, Unterhaltpapas. Ich weiß zumindest, wer mein Papa ist. Das wissen nicht alle Kinder. Wenn ich mit Mama oder Oma über Papa rede, geht es mir danach immer schlecht. Ich habe das Gefühl, die Wahrheit nicht verdient zu haben, schuld daran zu sein, dass Papa kein Geld für Thomas und mich bezahlt und uns auch fast nie abholt. Wäre ich anders, wäre Papa vielleicht noch da. *Papa war auch davor kaum da*, sagt Mama, und ich habe das Gefühl, nicht traurig sein zu dürfen. Mama und Oma sagen nie, dass ich nicht schuld bin.

Wenn ich mit niemandem reden kann, chatte ich. Ich habe viele aus meiner Schule und natürlich Lena in meinen Kontakten. Mit Lena schreibe ich fast jeden Tag. Sie hasst ihre neue Schule. Wir spielen Die Sims, erstellen unsere Familien und diskutieren über Babynamen. In Lenas Sims-Familie gibt es nur Lena, ihren Vater und vier Katzen, weil sie die Haustier-Erweiterung hat. In meiner Sims-Familie sind alle dunkelhäutig, gleichförmig und perfekt. Niemand hat Ähnlichkeit mit irgendjemandem aus meiner Familie, und alle haben

Namen, die ich mir ausdenke, die sonst niemand hat, nicht einmal ein anderer Sim. Ich vergebe Namen nie doppelt. Den freien Willen der Sims schalte ich aus, sonst essen sie immer allein und räumen die Teller nie weg, wie bei mir zu Hause. In meiner Sims-Familie gibt es pünktlich um neunzehn Uhr Abendessen, und alle müssen bei Tisch sein. Weggeräumt wird auch gemeinsam.

Ich entzünde mich, sagt meine Mutter, bevor sie die Regel bekommt. Sie steht vor dem Badezimmerspiegel und sieht sich die geschwollenen Stellen und die auf ihrer dunklen Haut kaum sichtbaren Rötungen an. Ich entzünde mich auch, im Gesicht, auf den Händen, den Oberarmen und auf dem Rücken. Vor dem Einschlafen kratze ich mich. Am Morgen ist mein Pyjama mit kleinen dunkelroten Punkten übersät. Ziehe ich ihn aus, sind da nur noch die Spuren meiner Nägel. Ich sehe sie, egal, wie wenig ich versuche, mich anzusehen. Mit der Zeit werden sie zu schmalen halbmondförmigen Kerben, manchmal auch zu ovalen Flecken. Dunkel, vereinzelt weiß, kleben sie wie Sticker auf meiner Haut.

Thomas und ich fahren ins Sommercamp. Dominik ist auch da. Er ist jetzt mit Pelin, der mittleren von drei türkischen Schwestern, zusammen. Esra, die älteste, mit der ich mir in der ersten Nacht ein Zelt teile, sagt, *das wird nicht halten*. Ich mag es nicht, dass sie im Zelteingang raucht. Sie mag es nicht, dass mein T-Shirt mit den Delfinen im Dunkeln leuchtet.

Cora, die mit meinem Bruder in die Klasse geht und auch im Sommercamp ist, schlägt mir vor, zu einem Therapeuten zu gehen. In der ersten Stunde kannst du machen, was du willst, auch Kekse essen. Ich frage sie, ob sie mit ihrem Therapeuten Kekse gegessen hat.

Als ich aus dem Sommercamp zurückkomme, hat meine Mutter zwei große Neuigkeiten für uns. Sie hat sich einen iPod Nano gekauft, und sie hat einen neuen Freund, Wolfgang. Mein Lieblingslied auf dem neuen iPod ist *Our House* von Madness.

Im Schwimmbad erzähle ich Lena vom Sommercamp und der Sache mit Dominik. Sie will alles wissen, aber es gibt nicht viel zu erzählen. Ich erzähle ihr auch vom Inselringen im Sommercamp und dass ich Zweite wurde. Nur Tom, ein sechzehnjähriger Junge, hat es geschafft, mich beim Ringen von der kleinen gelben Plastikinsel ins Wasser zu stoßen. Ich sage Lena, dass ich mir einen Freund wie Tom wünsche, Pelin könne Dominik behalten. Lena sieht mich skeptisch an, *sechzehn ist alt, so alt ist noch nicht einmal Tamaras Bruder.*

Ich erzähle Lena nicht, dass ich manchmal mit Dominik chatte. Ich will sowieso nicht mehr, dass er mein Freund ist. Trotzdem schreibe ich mit ihm. *Ich habe eine neue Freundin*, schreibt er. *Schreibst du auch Geschichten?*, frage ich, weil ich nichts über das L mit Herzchensymbol in seinem Status wissen will. *Ja*, antwortet er, *willst du sie lesen?* Ich erkenne ihn in jeder Zeile. Meine Geschichten will ich ihm nicht zeigen, will nicht, dass er mich erkennt.

Wolfgang erinnert mich an Onkel Hans. Er hat dunkle buschige Augenbrauen, einen zehnjährigen Sohn, und das Geräusch, das er beim Niesen macht, ist so laut, dass Thomas und ich nachts davon wach werden. Meine Mutter sagt, wir sollen ihm keine Geschichten erzählen, so wie ihrem letzten Freund. Der neue Freund lacht jedoch nur, als ich ihm erzähle, dass mein Bruder und ich vor der Schule immer Drogen am Karlsplatz verkauft haben, bevor wir umgezogen sind. Thomas nickt kräftig. Ich mag ihn lieber als den Polizistenfreund, der wie mein Vater hieß und Geschichten wie diese überhaupt nicht lustig fand.

Ich höre ihn, noch bevor ich ihn sehe. Wenn der Wind peitscht, sind seine Füße stumm auf dem kalten Gerüst. Ich öffne ihm das Fenster meines Kinderzimmers. *Du kannst dieses Gerüst nicht mehr hinaufklettern, es wird immer kälter, und wenn es erst einmal friert und du abrutschst …*
Dominik sieht mich nur an.
Das sind immerhin fünf Stockwerke.
Wenn ich nicht mehr zu dir hinaufklettern soll, musst du eben anfangen zu mir herunterzuklettern.
Ich trete einen Schritt zur Seite und lasse ihn herein. Mittlerweile ist es einfach zu kalt, um nachts im Park oder am Kanal zu sitzen. *Wieso trägst du keinen Pyjama?*
Ich sehe meine schwarze Jeans mit Löchern an, sehe auf meine viel zu dunklen knubbeligen Knie.
Es ist doch fast zwei.
Ich dachte mir, dass du kommst.

Kurz vor dem Ende der Sommerferien läutet es an der Tür. Ich öffne, weil ein Teil von mir hofft, es könnte Dominik sein, der aus irgendeinem Grund weiß, dass ich genau jetzt allein zu Hause bin. Es ist Marcel, ein Junge aus meiner Klasse, der zwei Stockwerke weiter unten wohnt. *Meine Mutter will, dass ich mir dein Deutschbuch ausborge.* Ich wünschte, ich hätte die Tür nicht geöffnet. Ich will, dass er wieder geht. Ich bin nicht gerne allein mit Jungen, die ich kaum kenne. Schnell gehe ich zurück in mein Zimmer, um das Buch zu holen. Ich habe gehofft, Marcel würde im Vorzimmer auf mich warten. Als ich den Stapel mit meinen Schulsachen neben dem Bett erreiche, merke ich, dass er mir gefolgt ist. *Hier schläfst du?*, fragt er und deutet auf das Hochbett. *Ja*, sage ich und denke, ist das nicht offensichtlich. Er sieht sich im Zimmer um, deutet auf das zweite Hochbett und die Matratze auf dem Fußboden in der Mitte des Raums. *Und wer schläft hier? Meine Brüder*, sage ich, weil ich Marcel nicht erklären will, warum wir jetzt drei Kinder sind und nur Thomas und ich die ganze Zeit hier wohnen. Ich drücke ihm das Buch in die Hand. Ich will ihm nicht sagen, dass wir gerade erst umgezogen sind und wahrscheinlich wieder umziehen werden, dass ich bis vor Kurzem nur einen Bruder hatte und einen Vater und meine Mutter jetzt einen neuen Freund hat, dass wir in einer Wohnung, die genauso groß ist wie Marcels, zu fünft wohnen und nicht wie er und seine Familie zu dritt. Ich will, dass er geht. *Du musst gehen*, sage ich. *Warum?*, fragt er. *Geh oder ich behalte das hier,* ich reiße ihm das Buch aus der Hand. Er sieht mich verdutzt an. *Reg dich ab, ich geh ja.* Am nächsten Tag erzählt er jedem, der es hören will, dass wir so arm wären, dass meine Brüder sich ein Bett teilen müssen. Mein Deutschbuch gibt er mir nicht zurück.

Bei meinen Großeltern klettere ich auf alle Bäume, außer auf den, den ich zum Geburtstag bekommen habe, der ist noch zu klein und dünn. *So wie du*, sagt mein Großvater und streicht mit den Fingerspitzen seiner großen Hand über die Rinde.

Ich denke an Dominik und bin froh, dass er nicht auf meine Schule geht und ich ihn nie mit anderen sehen muss. Der Dominik aus meinem Chatfenster mit den Geschichten gehört nur mir, genau wie der Dominik, der manchmal durch mein echtes Fenster klettert. Ich denke auch an Marcel und beschließe, ihn in der Schule zu ignorieren. Er soll wissen, dass ich nicht vorhabe, je wieder mit ihm zu reden, und er sich ab jetzt seine Schulbücher von jemand anderem ausborgen und sie dem dann nicht zurückgeben kann. Marcel brauche ich in der Schule und sowieso nicht. Ab nächster Woche werde ich wieder neben Lena sitzen, so wie es in der Volksschule war. Weil Lena einen Fünfer hat, findet ihre Mutter die neue Pizzaschule mit den langen Schultagen gar nicht mehr gut. Mit Lena in meiner Klasse sind mir alle anderen egal.

In Tulln, im Garten von Wolfgangs Eltern, steht ein Apfelbaum. Hier sind Thomas und ich nicht allein. Wolfgang ist kein Einzelkind wie meine Mutter. Ich habe jetzt nicht nur einen neuen Bruder, sondern auch neue Cousins, denke ich, als ich den Apfelbaum hinaufklettere und zu den anderen Kindern hinunterschaue. Thomas klettert mir hinterher. Der Älteste der anderen ist Alex. Er steht unten und sieht zu uns herauf. Ich klettere noch ein Stück höher und sehe ihn herausfordernd an. Er erwidert meinen Blick, als hätten wir ein gemeinsames Geheimnis, das ich nicht kenne. Er fängt an, mir hinterher zu klettern, sieht durch die Blätter hindurch immer noch nur mich an. *Es gibt Kuchen*, ruft meine Mutter, die schon mit einem kleinen Teller in der Hand auf der Terrasse steht, und ich springe von meiner Astgabel auf die frisch gemähte Wiese und laufe zu ihr.

Wir wickeln uns in Badetücher ein. Zuerst umwickeln wir mit zwei kleinen Tüchern unsere Köpfe und dann mit zwei großen Tüchern unsere Körper. So steigen wir in die Badewanne. Früher haben wir immer nackt gebadet. Jetzt muss ich das Bad verlassen, wenn Lena ihren Tampon wechselt. Früher hat sie mich nicht einmal hinausgeschickt, wenn sie aufs Klo musste.

Als ich am Freitag von der Schule nach Hause komme, ist meine Mutter nicht da. Seit Montag waren jeden Tag Freundinnen bei uns, um ihr zu helfen. Diesmal hat sie nicht einmal eine Woche gebraucht, um alles in Kartons zu packen. Das Vorzimmer sieht leer aus ohne den großen Teppich. Ich stelle mich in die Mitte des Raums und versuche, mir alles haargenau einzuprägen. Versuche mich daran zu erinnern, wie es sich hier letzte Woche mit dem Teppich angefühlt hat, aber es gelingt mir nicht. Ich will weiter ins Wohnzimmer gehen, mir nach und nach jeden Raum einprägen. *Komm mit,* Lenas Vater steht in der Wohnungstür, die ich offen gelassen habe. *Ich fahr dich rüber, ich hab gerade die letzten Regale eingeladen. Deine Mutter ist schon in der neuen Wohnung.*

Ich weiß nicht, wer mir das Märchen erzählt hat. Es steht in keinem unserer Märchenbücher. Seitdem ich Internet habe, versuche ich es zu finden. Wahrscheinlich ist es gar kein Märchen, aber finden müsste ich es doch trotzdem. Seit Jahren verändern sich nun schon die Google-Einträge zu meinen variierenden, im Kern jedoch ähnlichen Suchbegriffen. »Märchen Haus Ratten«, »Gruselhaus Ratten Mann«, »der Mann der am längsten im Gruselhaus bleibt darf Tochter heiraten«.

Meine Suche bleibt erfolglos, nur die Anzahl der Treffer steigt. Googles Wissen wächst, während mein Wissen um die Geschichte gleich bleibt.

Es war einmal ein Mädchen, das hatte einen Vater. Wie in vielen guten Geschichten spielt das Mädchen auch in dieser eigentlich keine Rolle. Sie war hübsch, sehr hübsch sogar, und ihr Vater hat sie geliebt. Sie lebten zusammen in einem kleinen Dorf in der Nähe einer Stadt. In seinen Augen war kein Mann gut genug für sie, nicht einmal die Männer aus der Stadt. Im Laufe der Zeit hielten viele Männer um die Hand des Mädchens an, ohne sie zu kennen, versteht sich. Die Antwort des Vaters war immer gleich. Was das Mädchen davon hielt, wollte keiner wissen. Der Vater zeigte den Männern, die um die Hand seiner Tochter warben, ein altes Haus und sagte: »Der Mann, der drei volle Tage und Nächte in diesem Haus verbringt, soll meine Tochter zur Frau nehmen.« Die Männer lachten und gaben sich tapfer, aber kein Einziger hielt durch. Selbst die Mutigsten flohen, noch vor dem Ende der dritten Nacht. Als die Dorfbewohner wissen wollten, was denn geschehen sei, antworteten die Männer nicht. Diejenigen, die von außerhalb gekommen waren, reisten noch in derselben Nacht ab und verabschiedeten sich nicht einmal von dem Mädchen. Der Vater lächelte dann, er glaubte, dass es keiner der Interessenten schaffen würde, gaben sie auch vor, noch so mutig zu sein. Ein Mann, der sein Glück versuchen wollte, suchte den Vater auf und bat diesen, auch ihn zu dem alten Haus zu führen. Am ersten Tag setzte sich der Mann in die Mitte des größten Raumes und schnitzte und wartete auf die Nacht. Auf die Dunkelheit brauchte er nicht zu warten. Weil es in dem Haus nie wirklich hell wurde, konnte man selbst bei Tag kaum etwas erkennen. Vor ihm stand zwar eine Kerze, die der Vater jedem der Männer gestattete mitzubringen, aber diese leuchtete gerade einmal hell genug, um mit dem Messer arbeiten zu können. Als die Nacht schließlich kam, erwachten die Wände. Nach und nach öffneten sich Augen, hellwach und gelb sahen sie den Mann an. Er unterbrach seine Schnitzarbeit, vor Schreck hatte er sich in den Finger geschnitten. Als er die Kerze hob, sah er, dass das, was er zuvor für einen unregelmäßigen Stein gehalten hatte, in Wirklichkeit Löcher waren, in denen die Ratten schliefen. Er konnte hier nicht bleiben, solange sie da waren. Er führte einen Laib Brot und Käse in seinem Leinensack mit. In diesem Haus gab es nichts, nichts zu essen und auch nichts zu trinken, das hatte der Vater des Mädchens ihm gesagt. Die Tiere mussten am Verhungern sein. Der Mann verband seinen Finger mit dem Stofftaschentuch, auf dem er in der Früh das Brot hatte essen wollen, und erhob sich von dem alten Baumstumpf, auf dem er gesessen war. Der Boden unter seinen Füßen fühlte sich weich an, und einen Moment lang fragte er sich, ob das Haus überhaupt einen Boden hatte oder ob der Baumstumpf gar nicht zum Sitzen dien-

te, sondern einfach aus der Erde gewachsen war. Er überlegte, wie er die Ratten in die Flucht schlagen konnte. Sie alle zu töten, schien unmöglich. Er hatte zwar sein Schnitzmesser und auch ein Beil, aber es waren einfach zu viele, und griff er ein Tier an, würden sich die anderen auf ihn stürzen. Außerdem, wie sollte er auch nur ein Tier erwischen, die Ratten wären ohnehin schneller als er, da war er sich sicher. Der Mann sah sich im immer noch dunklen Raum um, außer den blitzenden Augenpaaren der Ratten, die ihn beobachteten, konnte er nichts erkennen. Er hob die Kerze vom Boden auf, um besser sehen zu können. Nun konnte er die Umrisse jedes Tieres deutlich ausmachen und dass Spinnweben sich über die morschen Deckenbalken zogen. Gegenüber der Eingangstür führten zwei Gänge tiefer ins Haus. Der Mann näherte sich zuerst dem linken Gang, um zu sehen, wohin er ihn führte. Er schulterte seinen Leinenbeutel und durchschritt mit der Kerze in der Hand, bedacht darauf, die Flamme durch einen zu schnellen Schritt nicht zum Erlöschen zu bringen, den Gang. Er fand sich in einem kleinen dunklen Raum wieder. Es gab weder Türen noch Fenster, nur vereinzelt schmutzige Regalbretter, die wie zufällig auf verschiedenen Höhen befestigt waren. Auf einigen standen Gläser, in denen etwas eingelegt zu sein schien, die meisten jedoch waren leer. Unter dem niedrigsten der Bretter stand ein alter Eimer. Der Mann durchquerte den Raum, um zu sehen, ob sich etwas in dem Eimer befand, das ihm nützlich sein könnte und trat dabei auf etwas, das er nicht erkennen konnte. Im ersten Moment erschrak er, in dem Glauben es könne sich um eine Schlange handeln, aber weil er keine scharfen Zähne spürte, die sich in sein Bein bohrten, ging er langsam in die Knie und hielt die Kerze dicht über den Boden. Er war auf ein altes Seil getreten, das zusammengerollt zu seinen Füßen lag. Eine Sekunde lang war er wie erstarrt. Dass ihn in einem solchen Haus ausgerechnet ein Seil zusammenzucken ließ, brachte ihn zum Schmunzeln. Er hob das Seil auf und kehrte in den größeren Raum zurück, wo er den Tag über geschnitzt hatte und wo nun die Ratten auf ihn warteten. Er stellte sich auf den Baumstumpf und warf das Seil über einen Dachbalken. Es war so lang, dass er immer noch problemlos beide Enden in der Hand halten konnte. Das eine Ende wickelte er um den Baumstumpf und verknotete es fest, an das zweite band er sein Beil, sodass es nun einen halben Meter über dem Baumstumpf schwebte. Aus seinem Leinensack holte er schließlich den Käse und eine seiner zwei Flaschen, in der sich Milch befand. Er legte ein großes Stück Käse in die Mitte des Baumstumpfes und schnitt den Rest mit seinem Messer in winzig kleine Stücke, die er zwischen die Fäden des ausgefransten Seils drückte, das er um den Baumstumpf gewickelt hatte. Anschließend goss er seine Milch über denselben Teil des Seiles, bis es durchtränkt war. Er schulterte erneut seinen Beutel, nahm die Kerze und zog sich in den kleinen dunklen Raum zurück, in dem er das Seil zuvor gefunden hatte. Irgendwann wurde es ruhig, der Mann wartete noch ein paar Minuten und betrat dann erneut den großen Raum, der nun still und dunkel vor ihm lag, keine gelben Augen blitzten ihn mehr an. Als sich der Mann dem Baumstumpf näherte, sah er die größte Ratte, die ihm je begegnet war. Sie lag in der Mitte des Baumstumpfes, der unter ihrem fetten Körper kaum auszumachen war, und Blut sickerte aus ihrem sauber abgetrennten Kopf und dem breiten Hals in das Holz. Das größte Stück Käse war dem Rattenkönig vorbehalten gewesen, die anderen Ratten mussten sich mit der Milch und den Käsekrümeln zufriedengeben und hatten, im Eifer des Hungers, beim Versuch so viel Essbares wie möglich zu finden, das Seil durchgenagt. Das Beil war herabgeschnellt und hatte den Rattenkönig enthauptet, blutverschmiert lag es nun neben dem

toten Körper. Der Mann hob es auf, löste das Stofftaschentuch
von seinem Finger und reinigte damit sein Beil. Er legte sich auf
der anderen Seite des Raumes schlafen und wurde erst wach,
als durch die vielen kleinen Löcher, die nun, wo die Ratten fort
waren, im Gemäuer sichtbar wurden, die Sonne fiel.
Als es an der Tür klopfte, öffnete der Mann sie verwirrt. Er
hatte jegliches Zeitgefühl verloren. Der Vater sah ihn stumm
an und nickte, wusste jedoch nichts zu sagen. Der Mann ging
zurück in den Raum und packte das Wenige, das er besaß, in
den Leinenbeutel. Er ging am Vater, der noch immer in der Tür
stand, vorbei, um das Mädchen, das er nicht kannte, zur Frau
zu nehmen.

Seit ich ein eigenes Zimmer habe, spiele ich viel mehr Computer und träume noch viel mehr. Ich erstelle Traumhäuser, Traumfamilien und lebe ein Traumleben. Der Vater heißt immer Liam oder Orlando. Ich brauche lange, um ihn perfekt hinzubekommen. Die Mutter hat meistens zwei Zöpfe. Mit ihr bin ich schnell fertig. Sie brauche ich nur, damit die Familie vollständig ist und zwei Menschen arbeiten gehen und natürlich für die Kinder. Ich lasse sie so oft schwanger werden, bis es keinen Platz mehr in meinem Computerhaushalt gibt. Jedes Kind hat zwei Vornamen, die ich durch die Google-Suche sehr sorgfältig auswähle. Jedes Kind hat bestimmte Interessen und Stärken und einen eigenen Kleidungsstil. *motherload* tippe ich, um auch noch Geld für den Pool zu haben, den meine Sims brauchen, und *boolProp testingCheatsEnabeld true* würden es mir erlauben, meinen Sims jeden Wunsch zu erfüllen und all ihre Fähigkeiten auf den Maximalwert zu stellen. Das mache ich aber nicht. Ich will, dass sie es alleine schaffen. Ihren freien Willen schalte ich trotzdem aus. Während ich spiele, chatte ich manchmal auf MSN. Meistens denke ich aber gar nicht daran, meine Nachrichten zu checken, weil ich so auf mein Spiel konzentriert bin. Um halb sieben stelle ich die Hungerleiste aller Sims auf Rot und setze sie gemeinsam an den Tisch. Vor der Schule gibt es immer Waffeln.

Ich finde bei mir ein weißes Haar. Ich mag das, wie bei Mama. Bei Oma und Mama haben die Haare schon mit zwanzig begonnen weiß zu werden. *Grau,* sagt meine Mutter, aber es ist weiß. Sie sehen nur gemischt mit den anderen grau aus. Ich sage nichts. *Du hast zum Glück die Haare deiner Tante geerbt,* sie greift mir nicht in die Haare, wie es manchmal fast Fremde tun. *Wow, sind die echt?,* fragen sie oft, und ich muss meine Haare am Abend waschen, weil es sich anfühlt, als wären ihre Hände in meinen Haaren kleben geblieben. Mamas Hand spüre ich dort nie. *Viel schöner und dicker,* sagt sie nur, aber es fühlt sich nicht schön an.

Zum Einschlafen stelle ich mir gerne ein Grab vor. Mit jedem Ausatmen werde ich ein Stück weiter hinabgelassen. Jedes Einatmen bringt mich wieder ein Stück nach oben. Ich versuche, lange auszuatmen. Manchmal stelle ich mir auch eine Wendeltreppe in den Himmel vor. Jede Stufe ist ein Atemzug. Ganz oben, befindet sich ein Sprungbrett, wie im Schwimmbad, türkis, aufgeraut und wippend. Ich komme nie ganz unten oder ganz oben an.

Über manche Sachen kann man nicht sprechen, sagt meine Mutter. *Es gibt Geschichten, die man erst erzählen kann, wenn alle, die darin vorkommen, tot sind. Aber auch dann spricht man besser nicht darüber, weil es nicht mehr wichtig ist.*

Ich will mehr über diese Geschichten erfahren, will zumindest wissen, wer darin böse war und wer gut.

Welche Note würdest du Urgroßvater geben?, frage ich, weil es ihr vielleicht leichter fällt mit den Verwandten anzufangen, die schon tot sind. *Tote Verwandte bekommen immer eine Eins*, sagt meine Mutter. Meine Großmutter spricht über alles, auch wenn ich es nicht hören will. Thomas hält sich die Ohren zu, und irgendwann muss ich weinen.

In der Schule erzählen sie von den USA, von der Schule dort, den Kunstkursen und dem Leben bei einer anderen Familie. Es gibt auch Fotos, vom Basketballfeld hinter der Schule, dem Zeichensaal und den Gastfamilien. Ich will so gut Englisch sprechen wie die Leute im Fernsehen und nach Amerika gehen und von richtigen Professoren lernen. *Das ist zu teuer*, sagt meine Mutter. Es ist das erste Jahr, in dem ich das Meer nicht sehe.

Meine Mutter heiratet Wolfgang. Bei der Hochzeit sehe ich Apfelbaum-Alex wieder. Es ist komisch zu wissen, dass Mama jetzt wie dieser fremde Junge heißt und nicht mehr wie Thomas und ich. Thomas mag die Cousins, also stehe ich mit ihm vom Tisch auf, und wir gehen hinaus zu ihnen. Alex sitzt mit den beiden anderen auf einer Steinmauer. *Hey*, sagt er, und auf einmal kommt er mir nicht mehr fremd vor.

Im Chemieunterricht schreiben wir einen Affentest. *Ein Affe kann einen Stift halten und schafft es durch Zufall, bei der Hälfte der Fragen die richtige der beiden Antwortmöglichkeiten anzukreuzen. Wenn ihr also weniger als die Hälfte richtig habt, seid ihr dümmer als ein Affe. Ihr habt zehn Minuten Zeit.* Herr

Bauer fängt an, die Tests auszuteilen. Ich mag Chemie nicht. Ich weiß, dass ich mehr als die Hälfte der Fragen beantworten kann, trotzdem fühle ich mich dumm. Ich mag Affen. Affenkinder sind anfangs viel intelligenter und geschickter als Menschenkinder, das haben wir im Biologieunterricht gelernt. *Noch fünf Minuten.* Ich lese die erste Frage. Affen würden nie lang genug stillsitzen, um so einen Test zu schreiben, und selbst wenn, warum sollten sie überhaupt Chemie lernen wollen. *Was hast du bei Frage drei?*, flüstert Lena. Sie sieht auf mein Blatt, sieht, dass ich noch gar nichts ausgefüllt habe. *A, B, keine Ahnung, B, B, A*, flüstert sie wieder. Ich kreuze *A, B, B, B* und *A* an und lese die dritte Frage. Ich kreuze *A* an und zeige ihr meinen Zettel. *Danke.* Herr Bauer sammelt die Zettel ein.

In meiner Klasse ist ein neues Mädchen. Sie heißt Maral. *Mit der kann man nicht befreundet sein,* sagt Tamara abschätzig. Tamara ist die Einzige, die vor allen zugibt, dass sie schon ihre Regel hat. Sie versteckt die Tampons am Boden ihrer Tasche nicht. Maral ist im Affentest durchgefallen. Sie sagt im Unterricht nie etwas, schreibt aber gute Noten. Lena sagt, *Maral ist nur durchgefallen, weil sie zu wenig da war.* Maral hat lange dunkle Haare, die ihr wie ein Vorhang vors Gesicht fallen. Ihre Jeans sind ausgewaschen, und sie schaut fast immer zu Boden. Ich lächle ihr zu, aber Maral sieht es nicht.

Jetzt, wo Lena mit mir in die Klasse geht und nicht mehr in die Pizzaschule, gehen wir nach der Schule gemeinsam zu ihr. Wenn Lena nach Hause will, braucht sie keinen Schlüssel, sie läutet einfach an. Ihre Mutter oder ihr Vater sind zu Mittag immer zu Hause. Beim Mittagessen reden sie über die Schule. Lara, Lenas kleine Schwester, isst meistens auch mit. Alle haben feste Plätze am Esstisch. Wenn Lara nicht da ist, darf ich auf ihrem Platz sitzen, sonst sitze ich immer am Kopfende des Tischs.

Ich habe Angst, dass die anderen mich sehen, wie ich mich selbst sehe. Dumm, groß, ungeschickt und hässlich. Ich will schön sein, ich will richtig sein. Ich weiß nicht, was richtig ist.

Radfahren, Segeln oder Tennis. Ich hasse Radfahren, Tennis habe ich früher ein paar Mal gespielt, aber da muss man Laufen, und ich schwitze nicht gerne vor anderen. Das schadet meinem Make-up. *Aber beim Segeln wird man nass*, sagt Lena. *Ich habe mal einen Segelkurs gemacht,* sage ich. Wir kreuzen Segeln an.

Baby, we don't have to go far, singen wir, und ich drehe mich so schnell, dass meine Haare fliegen. *Unless you wanna show me a lovely place out of town*, singt Lena, und wir zählen eintausendsiebenhundertdreiundachtzig Schritte bis zur Marina. Sechzehn Minuten Verspätung zählt unsere Englischlehrerin.

Thomas und ich sehen uns die Simpsons an und löffeln Puderzucker aus Suppenschalen. Wenn mein Stiefvater nicht da ist, dürfen wir im Wohnzimmer fernsehen. Wenn meine Mutter nicht da ist, dürfen wir im Wohnzimmer fernsehen und Puderzucker löffeln. *Sind das die neuen Folgen*, fragt Thomas, und ich sage *nein*, weil ich die Folge, die gerade begonnen hat, schon kenne. Ich schalte den Fernseher stumm und lege den Figuren meine Worte in den Mund. Thomas muss so heftig lachen, dass er in seine Schüssel prustet. Die ganze

Couch ist voller Puderzucker, und deshalb muss ich auch lachen, und der Puderzucker aus meiner Schüssel verteilt sich ebenfalls im Wohnzimmer. Wir streichen den Zucker von der Couch auf den Boden und verteilen ihn mit unseren Socken so lange bis kaum noch etwas zu sehen ist. Die kleinen Häufchen, die zurückbleiben, schieben wir mit unseren Fußsohlen unter die Couch.

Meine Englischlehrerin hat keine Kinder, einfach so, weil sie keine Kinder will. *Die hat sicher keinen abgekriegt,* sagt Lena. Lena hat eine Vier in Englisch. Ich wollte immer Kinder, am besten ganz früh, so früh, dass niemals jemand fragt, wann es denn so weit ist. Ich mag Kinder immer noch, aber ich weiß nicht, ob ich welche möchte. *Wir haben aber schon die Namen ausgesucht*, sagt Lena.

Wenn ich mit Lena Musik höre, singen wir immer laut mit. Zum Tanzen hören wir am liebsten Drum and Bass, ansonsten ist das meiste Pop. Wir überlegen uns unsere eigene Choreografie, und manchmal filmen wir sogar unser eigenes Musikvideo. Wenn ich allein Musik höre, singe und tanze ich auch oft, manchmal zeichne ich auch oder weine ein bisschen. Ich verbringe manchmal Stunden damit, mir Musikvideos anzusehen, und bei jedem Video versuche ich, mich auf ein anderes Detail zu konzentrieren. Ich weiß, welches Video wodurch inspiriert wurde und welche Designer wen eingekleidet haben. Ich schicke Lena eines meiner Lieblingsvideos. Sie sagt, sie mag keine zu expliziten Musikvideos. Ich weiß, was sie mit explizit meint. Lena mag es nicht, wenn Sachen, die wehtun, als solche gezeigt werden. Ich finde das mutig und schön, vor allem in Popliedern. Ich stelle mir vor, wie viele Menschen die Videos sehen und sich verstanden fühlen. Die Botschaft ist nicht verschleiert, nicht versteckt, sondern für jeden zugänglich, das mag ich. Ich mag Sachen nicht, die erst dadurch, dass sie nicht alle verstehen, besonders werden. Das fühlt sich falsch an. Nicht mit Lena einer Meinung zu sein, fühlt sich auch falsch an. Ich denke an das Lied, das meine Mutter nach der Scheidung gehört hat. Ich habe mir das Musikvideo tausendmal angesehen. Die Sängerin geht darin durch ein Scherbenmeer. Ich mag dieses Bild. Ich verstehe sie, ich verstehe Mama.

In der sechsten Klasse gibt es ein Mädchen. Sie ist manchmal in unserer Klasse und bespricht mit meinem Deutschlehrer Sachen. Wenn sie da ist, gehe ich oft nach vorne, um Wasser zu trinken oder etwas wegzuschmeißen. Mein Lehrer nennt sie Reva. Ich suche im Jahrbuch nach ihr. Sie geht in die 6c, und letztes Jahr waren ihre Haare noch blond und ihre Augen noch nicht schwarz umrandet. Sie ist im Wahlpflichtfach Kreatives Schreiben. Zu Hause versuche ich meine Augen genauso zu schminken wie Reva. In die Schule traue ich mich so nicht. Als wir uns in die Listen für unsere Wahlpflichtfächer im nächsten Jahr eintragen müssen, setze ich meinen Namen auf die Liste, über der groß Kreatives Schreiben und, etwas kleiner, Revas voller Name steht.

Irgendwann kommt Maral, mit der man nicht befreundet sein kann, nicht mehr zur Schule. Die Lehrer tragen sie als fehlend ein, aber es scheint niemandem wirklich aufzufallen, dass sie fehlt. In ihrem Zeugnis steht hinter jedem Fach keine Zahl, sondern ein »nicht beurteilt«. *Die hat sich sicher umgebracht,* sagt Tamara. *Na endlich.* Sie lachen. Ich frage meine Englischlehrerin nach Marals Adresse, *weil doch noch ihre ganzen Sachen in der Klasse sind.* Sie lacht. *Ich glaube, die braucht sie nicht.* Ich frage nicht weiter. Ich mag es nicht, Erwachsene um Hilfe zu bitten. *Warum interessiert dich die?*

Es geht alles so schnell. Alex küsst mich auf meiner Couch, in meinem Bett, bis es dunkel wird, bis wir keinen Speichel mehr übrighaben. Ich drücke mich fest an ihn, will seine Hände überall spüren und habe gleichzeitig Angst davor. Mit Dominik habe ich auch viel geschrieben, er hat mich auch so angesehen, mit ihm war es aber nie so. *Was gefällt dir?*, fragt Alex, und ich weiß es nicht. Es ist so anders als alles davor. Ich fühle mich nicht mehr allein. Ich habe nicht ständig diese Angst. Ich will nicht mehr weg. Ich muss nicht mehr auf mich aufpassen. Das gefällt mir.

Wie definiert man eigentlich Sex? Ist es das Eindringen, die Bewegungen danach oder beginnt Sex schon viel früher? In der Schule haben wir gelernt, dass es dann Sex ist, wenn man dabei schwanger werden kann. Wir haben auch über Verhütungsmittel und Krankheiten gesprochen und darüber, wie Männer miteinander Sex haben. Warum geht es beim Thema Sex in der Schule immer so viel um Männer, Schwangerschaft und HIV? Ist es mein Part beim Sex, das richtige Verhütungsmittel auszusuchen? Lena fängt an zu lachen, als ich mit ihr über Sex sprechen will.

Wir sitzen mit Alex' Eltern und seinem Bruder auf der Terrasse und essen zu Abend. Als seine Mutter aufsteht, um ihren Teller in die Küche zu bringen, bleibt sie hinter mir stehen, *die Spitzen könnten auch mal wieder geschnitten werden.* Ich habe gar nicht bemerkt, dass sie mir in die Haare gegriffen hat und streiche sie nun alle vor meine Schultern, wo ich sie sehen kann. Meine Mutter sagt, *Spliss ist eine Erfindung der Friseure,* und ich weiß, dass ich irgendwann wie Rapunzel aussehen werde.

Nach den Sommerferien komme ich in die Oberstufe. Das bedeutet nicht nur, dass die Wahlpflichtfächer beginnen, sondern es werden endlich auch die Klassen neu gemischt. Ich weiß, dass Lena in meiner Klasse bleibt. Der Rest ist mir egal. Die meisten aus den vier Parallelklassen kenne ich nur vom Sehen. Von einigen Mädchen aus meiner Klasse weiß ich, dass sie Italienisch gewählt haben. Deshalb haben Lena und ich nicht Italienisch gewählt. Ich bin die Einzige aus meinem Jahrgang, die Kreatives Schreiben belegt hat.

Wir gehen nach der Stunde noch zum Kanal. Kommst du mit? Reva packt in der Reihe vor mir ihre Sachen zusammen. Sie sieht mich nicht an. *Oder hast du schon was vor?* Sie dreht sich zu mir um. Sie trägt drei verschiedene Ohrstecker, einer davon sieht aus wie ein kleiner Kaktus. Gemeinsam mit zwei anderen aus ihrer Klasse gehen wir zum Kanal. Reva teilt sich mit dem Typen links von ihr eine Zigarette. Er redet schnell, und Reva wirkt gelangweilt. Am Kanal setzen wir uns zu einer Gruppe. Ich kenne keinen von ihnen, aber die anderen kennen sich. Reva nimmt meine Hand, *komm, ich will nicht neben dem sitzen.* Wir setzen uns zu den anderen auf die Wiese, möglichst weit weg von dem Typen, mit dem Reva sich die Zigarette geteilt hat. In der Mitte steht eine kleine rote Musikbox, die bis zum Anschlag aufgedreht ist. Zwei große Flaschen und ein Ofen machen die Runde, und alle reden durcheinander. Revas Knie berührt mein Knie, ich weiß nicht, ob sie es spürt.

Alex und ich liegen eng zusammengedrängt in meinem Hochbett und sehen uns die Weltkarte an, die an der Decke hängt. Sie ist so nah, dass wir die Namen aller Länder lesen können. Ich kenne von jedem Land der Welt die Hauptstadt. Ich habe sie auswendig gelernt, um mehr über den Rest der Welt zu wissen.

Wohin willst du später mal fahren?

In die Länder, die rosa sind, mit unserem rosa Auto.

Er lacht. *Willst du wirklich nirgends hin? Wir könnten eine Reise machen, wenn du mit der Schule fertig bist und ich ein bisschen Geld verdient habe.*

Ich sehe ihn an, er meint es ernst. *Sobald wir Geld haben, will ich zusammenziehen.*

Er dreht sich zu mir, unsere Oberarme kleben aneinander. Nun sieht er mich auch direkt an.

Ich will, dass wir eine Familie sind.

Das ist teurer als eine Reise.

Ich weiß, aber es muss nicht so sein wie bei unseren Eltern. Wir brauchen doch nicht viel. Wir müssen nicht so abhängig sein.

Noch zwei Jahre, dann bin ich dort weg.

Später sehe ich mir den alten Mutter-Kind-Pass von meiner Mutter an. Man geht nicht weg, wenn man ein Baby hat, denke ich und schiebe den Gedanken an meinen Vater zur Seite.

Reva ist ganz anders. Anders als Lena, anders als alle anderen Mädchen, die ich kenne, und sogar anders als ich. Ob-

61

wohl Reva drei Jahre älter ist, sind wir fast gleich groß. Ich bin mager, habe eine Figur wie ein dürrer Baum im Wind. Eckig, trotzdem kurvig und mit zwei hellbraunen abstehenden Ästen und langen rostbraunen Blättern. Reva hat gefärbte Haare, lagoon blue, und blaue Augen. Ihre Stupsnase lässt sie katzenhaft aussehen. Sie hat apfelgroße Brüste und fährt mit ihrem Moped immer zu schnell. Revas Eltern leben außerhalb, Revas Mutter ist nicht ihre Mutter, und ihr Vater liebt sie. Egal, was Reva erzählt, es ist immer eine Spur zu unglaublich. Sie schenkt mir eine Halskette aus Silber mit einem kleinen Kreuzanhänger. In der Mitte des Kreuzes ist ein roter Stein eingelassen.

Das kann ich nicht annehmen.

Ich glaube nicht an Gott. Sonst schmeiße ich die Kette weg. Ich nehme die Kette nur zum Duschen ab, damit das Silber nicht anläuft.

Wir gehen weg, wir lachen und trinken, manchmal auch zu viel. Egal, ob ich mit Reva unterwegs bin oder mit Lena und den anderen, ich habe das Gefühl, ich würde das Ganze nicht verstehen. Als würden alle ein Spiel spielen, von dem ich nichts weiß, ein Geheimnis teilen, das ich nicht kenne. Um halb sechs in der Früh, wenn es langsam still wird und die meisten irgendwo die Augen schließen, bin ich immer noch wach. Meine Haut fühlt sich beim Abschminken taub an unter dem Wattepad, und ich weiß, dass der Durst bald kommt. Ich blättere in einem Buch, während der Fernseher läuft und mein Computer auf Tumblr die neuesten Bilder lädt. Ich lese ein paar Zeilen, ich wechsle den Sender, ich rauche. Ich warte. Ich fühle mich leer. Ich fülle die Stille mit Worten, die nicht meine sind.

Findest du, ich soll die Haare hier auch entfernen? Ich sehe auf meine Innenschenkel, die Alex mit seinen blassen, breiten Fingern auseinanderdrückt. *Kommt drauf an, welchem Schönheitsideal du entsprechen willst.* Ich spanne die Beine an, damit mein Fleisch nicht zwischen seinen Fingern hervortritt. *Na deinem.* Er sieht mich anders an, seine Hände drücken weniger stark. Ich drehe den Kopf weg, ich kann ihn nicht mehr ansehen.

Jeder Moment vergeht so schnell. Die Momente wechseln sich immer schneller ab, wirken immer kürzer nach. Der erste Kuss von Alex hat Wochen gehalten. Mittlerweile kommt die Leere schon nach wenigen Stunden. Ich versinke.

Fremde Männerstimmen dringen aus den Lautsprechern meines CD-Players, fremde Männerstimmen lesen mir Geschichten vor. Ich könnte jede Geschichte hundertmal hören, doch irgendwann, schleichend, wird mir die Stimme vertraut. Ich will keine neuen Geschichten, aber ich ertrage auch die alten nicht mehr. Ich kann kaum noch lesen, bin zu unruhig, kann nicht stillsitzen, kann die Geschichte in meinem Kopf nicht hören. Sie ist zu leise, in mir ist es zu laut. Die gedruckten Worte erreichen mich nicht.

Wer nicht da ist, kann keine Fehler machen, sagt Oma. Ich denke an meinen Vater. *Dein Vater ist an allem schuld. Er hat es nicht verdient zu leben.* Ich will wissen, ob Oma recht hat, ob Mama das auch denkt. Ich weiß, dass ich sie nicht fragen kann. *Schmeckts dir leicht nicht?* Ich kaue und schlucke hastig. *Doch, ist sehr gut.*

Ich suche ihn zwischen all den Familienvätern mit Bärten, Wollmützen und offenem Kofferraum. Sie suchen den Platz vor der Schule ab, hoffen, ihre Kinder möglichst schnell zu sehen, damit sie sie gleich ins Auto packen können und nicht in den Ferienverkehr kommen. Ich hoffe, ihn nicht zu finden. Ich hoffe, ihn nie zu finden. Er könnte inzwischen überall leben. Er könnte inzwischen jedermann sein.

Ich muss immer alles ausprobieren. Andere Mütter verbieten ihren Kindern Dinge oder warnen sie vor bestimmten Sachen. Ich weiß nur, dass ich kein Cola trinken soll, dass Kaugummi in der Zahnspange hängen bleibt und man Männern nicht vertrauen kann. Als Kind hat das gereicht, aber das tut es nicht mehr. Ich brauche keine Männer, aber ohne sie bin ich einsam. Auf Cola und Kaugummi habe ich sowieso keine Lust.

Lenas Eltern trennen sich zwei Jahre nach meinen. Sie sagt es mir zwischen zwei Schulstunden, *Mama zieht aus*. Wir reden nicht viel darüber. Lena kann zwischen der neuen Wohnung ihrer Mutter und der alten Wohnung wechseln, wie sie möchte. Meistens ist sie bei ihrem Vater, weil sie dort ihr eigenes Zimmer hat, nicht so wie bei ihrer Mutter, wo sie sich das neue Zimmer mit Lara teilen muss. *Und vor allem*, sagt sie, *weil Lara nicht dort ist.*

Ich weiß nicht, ob es gut ist über Sachen zu sprechen. Ich erzähle zu viel, zu wenig oder das Falsche. Manchmal erzähle ich auch das Richtige, aber den falschen Menschen. Ich lächle, fasse mir in die Haare, dann ist, was ich sage, nicht mehr so wichtig.

Lena ist am ersten Schultag immer viel zu früh, als würde sie über die Ferien vergessen, wie lange sie in die Schule braucht, und dass es sich ohnehin nicht lohnt, pünktlich zu kommen. Ich bin immer ein paar Minuten zu spät, aber weil es immer die gibt, die so richtig zu spät sind, sagen die Lehrer zu mir nie etwas. Wenn ich die Klassentür öffne, der Lehrer aufhört zu sprechen und mich alle anstarren, schaue ich immer möglichst gelangweilt und gehe langsam zu meinem Platz. Manchmal kommt dann ein blöder Spruch. *Hast du es gar nicht eilig, Kathlen?*, fragt mein Geografielehrer manchmal. *Nein,* sage ich dann und frage, ob er es denn eilig habe.

Als Mona am ersten Schultag den Klassenraum betritt, weiß ich, dass sie eine von denen ist, die immer so richtig zu spät kommen. Sie wirkt nicht abgehetzt, sondern als hätte sie rein zufällig genau um halb neun diesen Raum betreten. *Wer ist das? In welcher Klasse war die letztes Jahr?* Ich sehe weder Lena noch die anderen an. *Mona,* sagt irgendjemand.

Mona trägt klobige Doc Martens, zu kurze Röcke und zu viel Wimperntusche. Ihre Oberschenkel sind genauso dünn wie ihre Schienbeine, und in der Schule ist sie meistens müde. Im Unterricht sagt sie nur etwas, wenn sie dazu aufgefordert wird. Ihre Pausen verbringt sie in der 7c im dritten Stock, wo sie mit Mischa, einem älteren Jungen, rummacht. Lena erzählt mir, Tamara habe ihr erzählt, dass Mona Mischa vom Feiern kennt.

In den Unterrichtsstunden schreibe ich mit Alex SMS oder zeichne in meine Hefte. Lena schreibt mit, und vor Prüfungen lernen wir aus ihrer Mitschrift. Wenn ich etwas nicht verstehe, frage ich Alex. Er erklärt es mir, und ich erkläre es Lena. Seit Mona in unserer Klasse ist, höre ich noch weniger zu. Ich sitze zwei Reihen hinter ihr und sehe sie so oft wie möglich an.

Was ist mit dir los in letzter Zeit? Du schaust doch sonst nie zur Tafel? Passt du etwa auf?

Nein, aber du solltest aufpassen, irgendwer muss mir das später erzählen.

Es wird wärmer, und Alex hat bald Maturaprüfungen. Er geht nicht in Wien zur Schule und hat immer viel zu tun. Nach den Vorbereitungsstunden geht er mit seinen Freunden an die Donau, sie trinken und gehen schwimmen, sagt Alex. Er fragt nicht, ob ich mitkommen will. Er sagt, das ist die letzte Zeit, die sie zusammen hätten, weil dann jeder etwas anderes machen würde. Viele gehen nach Wien, weil es näher ist als Graz, Salzburg oder Linz, manche wollen ins Ausland. Alex sagt, *ich weiß nicht, was ich will.* Ich verstehe nicht, warum er das sagt. Vor ein paar Monaten noch war alles so sicher. Er wollte nach Wien ziehen, zu mir, seinen Zivildienst machen und dann studieren. Alex sagt, *ich weiß nicht, was sich geändert hat.* Aber ich spüre, dass sich alles geändert hat.

Ich gehe zum Ballett und später zum Jazzdance, dann zum Hip Hop und zum Cheerleading. Als ich alt genug bin gehe ich zum klassischen Tanz in der Tanzschule Elmayer. Danach tanze ich erstmal nur noch beim Ausgehen, auf Tischen, Bühnen, mit Lena und so nah wie möglich an anderen Mädchen. Mit Reva gehe ich nicht mehr weg. Clubs, in denen man hohe Schuhe und kurze Röcke tragen muss, um vom Türsteher hineingelassen zu werden, interessieren mich nicht.

Ich trage enge schwarze Jeans mit Löchern an den Knien und enge schwarze Tops. Wenn ich nicht tanze, trinke ich, oder ich lache, bis mein Bauch wehtut. Wenn sie die Musik abschalten, setzen wir uns draußen auf die ausgekühlten Pflastersteine und warten auf die ersten Sonnenstrahlen. Es riecht nach Urin und Morgen, und wir überlegen, welcher Tag wohl gerade beginnt. Ist es ein Mittwoch oder ein Freitag, ein guter oder ein schlechter Tag. Bei der Frage, ob er gut ist, werden wir uns meist schnell einig. Ein Tag, der damit beginnt, dass wir auf den Sonnenaufgang warten, ist immer einer von den Guten. Nur bei der Frage, ob es Mittwoch oder Freitag ist, bleiben wir meist uneinig. Das Gespräch trägt uns in Richtung Schule. Die meisten, die dort um acht Uhr schon sind, wissen auch welcher Tag heute ist. Wir schlafen noch ein paar Stunden im Gras, die Köpfe auf unseren Taschen, damit das Kleingeld der letzten Nacht sicher ist, und gehen anschließend die Stufen hinunter, durch die große graue Flügeltür.

Manchmal habe ich Angst, es gibt sie wirklich, die zwei Gruppen von Menschen. Die einen, für die alles leicht ist, und die anderen, die es immer schwer haben.

Wir sitzen auf Lenas Bett, und Lena hält mich im Arm. Ich will nicht mehr reden und kann auch nicht mehr weinen. Im Regal gegenüber sehe ich Lenas Puppe Alex sitzen. Ich denke an meinen Alex, der nicht mehr mein Alex ist, und es kommt mir wie eine Ewigkeit vor, dass Lena die Puppe ausgesucht hat. Alle anderen Puppen hat sie zu ihrer Mutter gebracht, nur von Alex konnte sie sich nicht trennen, die durfte bei ihrem Vater bleiben. Lena bemerkt meinen Blick und steht auf. Sie nimmt Alex vom Regal und sieht sie an. Alex hat noch genauso schöne dunkle Knopfaugen und wallende Haare wie vor ein paar Jahren. *Du heißt jetzt Lajela*, sagt Lena. *Das ist sowieso viel schöner als Alex, außerdem klingt es so hawaiianisch.*

Bin ich krank oder einfach nur schwächer als die anderen? Seit Alex ist irgendetwas anders. Ich finde kein Vor-Alex mehr, und ein Mit-Alex kann ich auch nicht haben. So gehe ich verloren. Manchmal sehe ich ihn im vollen Bus, an einer Straßenecke oder im Dampf meiner heißen Dusche. Meistens schweigt er.

Nachts bin ich wach. Was ich untertags tue, habe ich meist schnell wieder vergessen. In meinem Zimmer kann ich nicht mehr schlafen, also lege ich mich, kurz bevor es hell wird, ins Wohnzimmer. *Du bist wie eine Schlafwandlerin*, sagt Lena. Auch sie versteht nicht.

Ich schaue Serien, in denen sich Menschen von ihren Büchern verstanden und für ihr Leben inspiriert fühlen. Ich flüchte in meine Bücher vor meinem Leben. Ich weine gern in den Öffis, nicht viel, sondern nur ein bisschen. Hier ist es sicherer. Irgendwann muss ich aussteigen.

Wir sehen uns *Bambi* auf DVD und danach noch *Teenager werden Mütter* auf ATV an. Mona hat ihren Schreibtisch zu einem Fernsehtisch umfunktioniert, der direkt hinter dem Bett steht. *Ich hab den sowieso nur als Ablage benutzt, und mein Bruder wollte den alten Fernseher nicht mehr.* In der ersten Werbepause holt Mona eine dunkelbraune Flasche mit rosa Etikett unter ihrem Bett hervor. *Was hältst du davon? Martini Rosé, hat meine Mutter von irgendwem geschenkt bekommen.*

Wir trinken auf jeden Streit, jede Versöhnung und auf jedes Mal, wenn man Kinder sieht. Als die Folge vorbei ist, wird es langsam dunkel, und wir trinken und lachen nur noch.

Bei den Teenie Moms will ich auch irgendwann dabei sein.

Da musst du dich aber beeilen.

Ich lege ihr meine Hand auf den Bauch. Die Lichtflecken in Monas Zimmer tanzen.

Spürst du schon was?

Ich spüre Red Bull und Martini und …

Eigentlich darf niemand meinen Bauch anfassen.

Ich will die Hand wegziehen, aber Mona hält sie ganz fest, presst meinen Handrücken gegen ihr T-Shirt.

Ich verstehe dich nicht, und ich weiß gar nicht, was genau ich nicht verstehe. Mona riecht nach Martini und wahrscheinlich rieche ich auch nach Martini. Es ist inzwischen so dunkel, dass ich den Ausdruck in ihren Augen nicht richtig sehen kann. Wir liegen einfach so da, als würde der Fernseher noch laufen, und Mona hält meine Hand auf ihren Bauch.

Meine Mutter hat Geburtstag. Jeder Geburtstag wird bei uns mehrmals gefeiert, meistens sprechen wir von einer Geburtstagswoche. Für einen der Abende in ihrer Geburtstagswoche lädt meine Mutter Freundinnen ein. Sie bringen eine Lesebrille, Champagner und ein pinkes Blutdruckmessgerät mit, weil sie alle alt werden und um darauf zu trinken. Meine Mutter ist nicht alt, nicht einmal meine Großmutter ist alt. Trotzdem messen sie alle ihren Blutdruck, und als ich durchs Wohnzimmer ins Bad gehe, legt meine Mutter auch mir kurz die Manschette an. Mein Wert ist höher als der aller Erwachsenen. Ein paar lachen, und ich zucke nur mit den Schultern und gehe zurück in mein Zimmer. Als ich Stunden später im Bett liege, kommt meine Mutter noch einmal mit dem pinken Gerät herein. *Vielleicht ist es besser, wenn du liegst.* Ich sehe im Halbdunklen zu, wie die Manschette sich aufbläst. Es piept, und die Zahlen 160 und 100 leuchten auf dem Bildschirm auf. Ich höre ihre Freundinnen im Wohnzimmer lachen. *Ich muss jetzt wirklich schlafen*, sie nickt und geht.

Meine Angst ist ein Waschbär auf meiner Brust. Mein Waschbär schreit.

Ich male Wörter auf meine Haut. Reicht das nicht mehr, ritze ich sie ein. Harte eckige Buchstaben, die dunkel verkrusten und anders aussehen als ihre Filzstiftvorgänger. Irgendwann fallen die Krusten ab. Die Wörter sind zuerst rosa und später weiß auf meiner dunklen Haut.

Warum hast du mich geküsst?
Manchmal habe ich es kommen sehen, meistens nicht. Die Antwort ist entweder *ich weiß es nicht* oder *ich liebe dich*. Ich möchte beides nicht hören.

Als ich von unserer Klassenreise nach Polen zurückkomme und meine Zimmertür öffne, ist alles anders. *Überraschung*, sagt meine Mutter und ihre dunklen Augen haben dieses Funkeln, das ich nur ganz selten in ihnen sehen kann. Mein silbernes Hochbett, in dem es immer so eng war mit Alex, und der lange Schreibtisch darunter, den ich nie aufgeräumt habe, sind weg. Auch meine Couch, die wir schon in der allerersten Wohnung hatten, fehlt. Stattdessen füllt ein großes weißes Bett meine neun Quadratmeter, und ein kleiner weißer Schreibtisch steht direkt daneben. Ich weiß, dass meine

Mutter will, dass ich mich in meinem Zimmer wieder wohlfühle, ich weiß, dass sie es nicht mag, wenn ich im Wohnzimmer schlafe, ich weiß, dass sie helfen will. Ich weiß nicht, ob es helfen wird, aber ich weiß, dass sie nicht gerne Sachen von sich aus macht, weil sie nichts falsch machen will und deshalb oft gar nichts macht. *Danke*, sage ich, weil ich die Farbe Weiß mag, weil sie die Farbe Weiß mag, und weil mein Zimmer jetzt ein bisschen so aussieht wie die Zimmer, die die Mädchen auf Tumblr haben, weil die Fotos von Alex und mir weg sind und auch mein alter Schrank, der schon in der ersten Wohnung stand. Mein neuer Schrank, den man nur öffnen kann, wenn man auf dem großen weißen Bett sitzt, ist auch weiß und hat Schiebetüren. *Das spart Platz,* sagt meine Mutter.

Ich rede mir ein, ich weiß nicht, wie es passiert ist. Ich gebe vor, zufällig mit Lena genau auf dieser Party zu sein, schaue Mischa an, wie Mona ihn ansieht. Als er fragt, ob ich noch mitkommen will, lasse ich Lena stehen. Es ist mir egal, was die anderen sagen. Ihn verbindet etwas mit Mona, das ich auch haben will. Ich kann ihn benutzen, kann ihn glauben lassen, dass er mich benutzt. Ich mag Mischa, kann verstehen, was Mona an ihm findet. Sein Blick ist stechend. Er raucht Selbstgedrehte. Ich spüre, dass ich mich bei ihm nicht fallen lassen darf.

Es geht nicht um Sex oder Verliebtsein, es geht ums Gewinnen. Das verstehen Mischa und ich, Mona nicht. Mona denkt anders. Ich lasse mich jagen, ein bisschen, weil es Spaß macht, und ein bisschen mehr, weil ich hoffe, dass Mona es herausfindet. Aber so denkt Mona nicht, zumindest nicht, wenn es um mich geht. Sie will nur den Moment mit mir, *jeden*, flüstert sie. Was sie mit ihm will, weiß ich nicht, aber ich hoffe, dass es irgendwann nur mehr Mona und mich gibt.

Wir sind auf dem Weg in den Club Berlin, um Monas neue Freundin Eliza kennenzulernen. Sie wird heute achtzehn. Ich bin ein bisschen eifersüchtig, aber Eliza hat angeblich einen Freund, der auch da sein wird, deshalb sage ich nichts. Ich gehe meinen Freundinnen voran, die knarrenden Stufen hinunter in das unterirdische Lokal. Uns dröhnt laute Musik entgegen, und ich muss mich jedes Mal zu den anderen umdrehen, damit sie mich verstehen, wenn ich was sage. Lena sieht mich an.

Er ist da, Alex ist da.

Ich lache, *nein, der feiert heute woanders.*

Da, sagt sie nur und *da* klingt so ernst, dass ich mich doch umdrehe. Da steht er, eine Zigarette zwischen den Lippen und ein Kartonschild mit seinem Namen in der Hand. *Hi*, sagt er, und ich gehe an ihm vorbei. Ich nehme Eliza, die ich heute kennenlernen sollte, kaum wahr und gehe zur Bar. Genau in diesem Club hatte ich erst vor ein paar Wochen zu viel Alkohol. Ich fange trotzdem an zu trinken. Das beruhigt mich. Ich schreibe Mischa eine SMS, *mein Ex ist hier, holst du mich ab.* Bei Mischa ist es mir egal, was er denkt. Alex küsst ein braunäugiges kleines Mädchen. Sie ist fett, denke ich, und wir taufen sie auf den Namen *hässlicher Elch.* Alex' Freunde begrüßen mich überschwänglich, und nach einer Stunde weiß kaum noch jemand den richtigen Namen des Mädchens, mit dem er hier ist. Ich sitze bei ihm und seinen Freunden. Die Party, zu der ich eigentlich gekommen bin, habe ich längst vergessen. Nach einer weiteren Runde, die Alex ausgegeben

hat, und nachdem alle ihre leeren Shotgläser abgestellt und sich entweder über den Mund gewischt oder eine Zigarette angezündet haben, dreht sich Kevin zu mir. Er sagt so leise, dass nur ich es hören kann, *bist du wieder Alex' Fotze, wie?* Dann lacht er dreckig, aber sein Blick ist so klar, als hätte er kaum etwas getrunken. Meine Knöchel brennen, und ich will ihm sagen, dass er so nicht mit mir sprechen darf. Er ist aufgesprungen, zuerst verstehe ich nicht warum, doch dann sehe ich, dass er blutet. Wie in Trance stehe auch ich auf, das Blut rinnt ihm aus der Nase und tropft auf sein weißes T-Shirt, unter dem sich die Muskeln abzeichnen. Die Musik ist zu laut, die anderen sind zu betrunken. Niemand hat bemerkt, dass etwas nicht stimmt. Wahrscheinlich denken sie, wir sind aufgestanden, um aufs Klo zu gehen, wo ich ihm einen blasen kann. Die Vorstellung ist so widerlich und absurd zugleich, dass ich lachen muss. Kevin packt meinen Oberarm. *Kathlen,* Mischas Stimme ist so tief und anders zwischen den Beats, dass ich ihn, obwohl er nicht neben mir steht, hören kann. Kevin lässt mich los. Ohne darüber nachzudenken, was gerade passiert ist, gehe ich zu Mischa und küsse ihn. *Los, gehen wir,* sage ich, sobald er sich von mir löst, *schnell.* Wir verabschieden uns rasch im Vorbeigehen, und als wir endlich draußen auf der Straße sind, er sich eine Zigarette anzündet und ich einfach nur zitternd dastehe, habe ich das Gefühl, erst jetzt wieder richtig atmen zu können. *Gehen wir zu dir.*
Nein, lieber zu dir.
Aber bei dir ists besser.
Er schüttelt nur den Kopf, *meine Eltern sind streng katholisch.*
Ist das dein Ernst?
Bei mir ist niemand ist zu Hause. Ich schalte die Lichter nicht ein, führe ihn an der Hand hinter mir her in mein kleines

Zimmer. Er wirkt fehl am Platz in dieser bunten Wohnung mit den abgeschrägten Wänden. Als ich den Deckenluster in meinem Zimmer anschalte, windet er sich wie ein nachtaktives Tier, und ich schalte ihn wieder aus. Wir küssen uns, und ich denke an Mona, ob sie bei Eliza übernachtet oder mit jemand anderem mitgeht? Hat sie mich mit Mischa gesehen? Denkt sie auch an mich? Bevor wir uns ausziehen, erkläre ich ihm, wo das Bad ist und welche Zahnbürste er sich nehmen kann. Als wir nackt im Bett liegen, steckt er einen seiner langen dünnen Finger tief in mich hinein.

Bevor wir einschlafen, sagt er, *erzähl mir was, was ich noch nicht weiß.*

Ich bin Jungfrau.

Bevor er am nächsten Morgen geht, sagt er, *ich habe letzte Nacht geträumt, du hättest gesagt*, er sieht mich nicht an.

Du hast nicht geträumt und jetzt geh.

Mein Mund ist trocken und pelzig. Ich kann nur an Mona denken. Als meine Mutter die kleine Zahnbürste, die Mischa auf das höchste Regal im Badezimmer gelegt hat, sieht, fragt sie, *wer war denn dieser gutaussehende Typ? Kommt der wieder?*

Am nächsten Tag in der Schule lächelt Mona mich an, und ich sehe weg. Ich will in der Pause mit ihr reden, aber sie ist wie immer im dritten Stock bei Mischa. Ich will sie nicht auf dem Weg abpassen und erst recht nicht in eine fremde Klasse mit lauter Älteren gehen. Ich will Mischa nicht ansehen. Ich will Mona nicht mit Mischa sehen. Ich will nicht, dass Mona mich mit diesem Lächeln im Gesicht ansieht. Also rede ich mit Lena, sie regt sich über ihre Schwester auf. In meinen Ohren rauscht es, als würde ein schlecht eingestelltes Radio laufen, und ich kann kaum hören, was Lena erzählt.

Mona wartet nach der Schule nicht auf mich. Was hat sie mit Mischa geredet?

Ich sitze nackt in dem alten Schaukelstuhl, den Mischa auf einem Flohmarkt gefunden hat. Meine Beine fest an die Brust gezogen, sauge ich an meiner Unterlippe. Die rote Farbe ist längst irgendwo zwischen seinen Laken und auf seiner Brust verloren gegangen. *Du bist so schön.* Er hat den Unterarm auf der Matratze aufgestützt, nur seine Beine sind von dem verschwitzten Laken bedeckt. Ich schaue aus dem Fenster, es wird gerade hell, und ich habe Lust auf eine Zigarette. *Wann steht dein Vater auf?*
Er sieht auf die Armbanduhr, die er vor ein paar Stunden abgenommen hat.
Wir haben noch ein bisschen Zeit.
Ich nicke.
Sehen wir uns später in der Schule?
Vor der vierten Stunde schaff ichs nicht.
Ich muss auch ausschlafen.

Alles Gute zum Geburtstag, blinkt auf meinem Handy. *Wer ist da?*, schreibe ich, weil ich die Nummer nicht kenne. *Dein Vater.* Ich stecke das Handy weg. *Alles okay?*, fragt Lena. *Ja.*

Um zu studieren, geht Alex nicht nach Wien, sondern nach Graz. Für den Zivildienst ist er untauglich, wegen der Augen. *Yess, muss doch nicht zum Zivi, weiß wer was wegen einem WG-Zimmer in Graz?* Und, *TU Graz, ich komme!*, postet er. Als ich mein Datenvolumen schon wieder eine Woche zu früh aufgebraucht habe, weil ich ständig seine Seite aktualisiere, blockiere ich ihn. Lena blockiert Alex auch.

Ich fange an, alles zu zählen, was ich zu mir nehme. Früchtetee 6 Kalorien. Ein Bissen Pfirsich ungefähr 40 Kalorien. Ich rechne aus, wie viel Kilogramm Brokkoli einer Tiefkühlpizza entspricht, und komme auf die Zahl 12. Ich esse keine Pizza mehr. Ich erhitze Zucchini in winzig kleine Stücke geschnitten mit einem Schuss Mineralwasser und suche sogar auf der Wasserflasche nach der Kalorienangabe. Ich streue Chiliflocken darüber, und beim Essen wird mein Mund taub. Bevor ich ins Fitnesscenter gehe, trinke ich einen Espresso in einem Zug, und wenn ich anschließend nach Hause komme und mich aufs Bett setze, wache ich oft erst gegen acht Uhr abends wieder auf. Ich kann mich nicht erinnern, ob ich mich schlafen gelegt habe oder weggeschlafen bin. Bis weit nach Mitternacht bin ich hellwach.

Ich erzähle Mona von Maral, die ich nie wieder gesehen habe, seit sie aufgehört hat, zur Schule zu kommen. Mona sagt, dass alle Frauen grausam sind, wenn es zu ihrem Vorteil ist.

Ich habe eine kleine blaue Kiste. Sie glitzert und ist meine Notfallkiste. Sie enthält zwei Rasierklingen, 3 Gramm Gras, Papers, Tabak, eine Mullbinde, eine Wundauflage, eine Nagelschere, unser schärfstes Küchenmesser, drei verschiedene Schmerzmittel, zwei verschiedene Beruhigungsmittel, eine Packung Taschentücher, eine Tube Wundheilsalbe, Lippenbalsam und eine Dose Tabletten, von denen ich nicht mehr weiß, wofür sie gedacht sind. In dieser kleinen Dose sind ganz viele Pillen in unterschiedlichen Farben und Größen. Auf manchen ist eine Buchstaben- oder Zahlenkombination eingestanzt, die restlichen haben eine glatte Oberfläche. Die meisten dieser Sachen gibt es auch außerhalb meines Zimmers, aber wenn draußen viel los ist, ich aber niemanden sehen möchte, brauche ich die Notfallkiste. Dann drehe ich laut Musik auf, sperre meine Zimmertür zu und lasse die Gegenstände langsam von der Kiste in meine rechte Hand, in meine linke Hand und wieder zurück in die Kiste wandern, bis ich mich schlussendlich entscheide.

Bleib noch ein bisschen hier. Mona zieht mich aufs Bett. Ich kann nicht *Nein* sagen, ich will nicht *Nein* sagen. Wenn ich bei ihr bin, vergesse ich alles. Wenn sie etwas, das ich gesagt habe, witzig findet oder ich ihr Erdbeeren mitbringe, sagt Mona manchmal, *ich liebe dich.* Sie zieht dabei das i von *liebe* lang, legt den Kopf in den Nacken und ihre Augen werden ganz schmal. Ich sehe dann ihren Mund an. Ihre Lippen sind meistens geschminkt, wir teilen uns oft einen Lippenstift. Ich versuche, sie in den Farbpigmenten zu schmecken, stelle mir vor, der weiche Rotton wäre noch warm von ihrer Berührung. Sie mag es, den Abdruck ihrer Lippen zu sehen. Sie küsst ihren weißen Bücherschrank, ihr Notizbuch, die Fensterscheibe und manchmal auch meine Haut. Auf jedem Kratzer will sie den Abdruck sehen. Ich darf sie auch küssen, aber nicht ihr Gesicht, wegen dem Make-up.

Wenn ich alleine zu Hause bin, öffne ich alle Türen und schalte alle Lichter ein. Nur die Klotür bleibt zu, wegen der Ratten. Auch das Licht in der Abstellkammer brennt. Früher habe ich offene Türen gehasst. *Festbeleuchtung*, sagt meine Mutter, wenn sie einmal früher nach Hause kommt.

Hängt da ein Bild von Mischa an deiner Wand? Mona starrt auf einen Punkt über mir. Wir sitzen einander gegenüber auf meinem Bett, das den halben Raum ausfüllt. Ich drehe mich um. Wie auch in Monas Zimmer ist jeder Zentimeter meiner Wände mit Fotos von Models, Freunden und Familie oder Postkarten beklebt. Ich brauche ein bisschen, bis ich das Foto gefunden habe, das sie meint. Es hängt zwischen einer Aufnahme von Lena und mir, die letzten Sommer entstanden ist, und Kate Moss, die einen Teddy kuschelt.

Ja.

Sie sieht nun wieder mich an. *Das Bild hab ich gemacht. Woher hast du es?*

Mischa blickt direkt in die Kamera und lacht ein stummes Lachen, das nicht für mich bestimmt ist.

Ich halte ihrem Blick stand, *er hat es mir gegeben.*

Wenn ich krank bin, esse ich Oreos. 52 Kalorien das Keks, vier Kekse die silberne Plastikpackung, vier silberne Plastikpackungen der Karton. Ich spiele mit den Keksen, nehme sie auseinander und kratze die süße Creme ab. Ich rechne aus, wie viele wache Stunden ein Krankheitstag hat, und teile die Kekse gut ein. 832 Kalorien ein Krankheitstag. In die Schule gehe ich trotzdem, weil ich mich nach ein paar Stunden zu Hause eingesperrt fühle.

Darf ich? Er sitzt zwischen meinen Beinen, seine linke Hand liegt schwer und warm auf meinem Innenschenkel, mit zwei Fingern der anderen Hand dringt er vorsichtig in mich ein. Ich mache die Augen zu und versuche mich zu entspannen. *Spürst du das?* Ganz dumpf spüre ich ein angenehmes Ziehen. Ich weiß nicht, was er macht, doch jede Bewegung verlängert die Linie, die das Gefühl unter meiner Bauchdecke an meinem Nabel vorbei beschreibt. Ich merke, wie mein Atem schneller geht. Er greift nach meiner Hand und führt sie auf dieselbe Art, wie er zuvor seine eigenen Finger geführt hat. *Es ist in Richtung Bauchdecke und fühlt sich an wie eine fleischige Walnuss. Beweg die Finger auf und ab, mit einer lockenden Bewegung.*

Lockend?

Als wärst du die Hexe aus Hänsel und Gretel und würdest ein Kind anlocken.

Ich muss lachen.

Versuch es. Er sieht gespannt aus.

Ich schließe die Augen und versuche es. Das Ziehen setzt wieder ein, doch es war besser als seine Finger in mir waren.

Woher weißt du so was?

Mischa sieht mich nur an.

Ich brauche in der Früh eine Stunde im Badezimmer. Ich wasche, peele, pudere und zupfe an mir herum. Aus meinem CD-Player dröhnt Harry Potter. Wenn Thomas ihn aussteckt, weil er auch ins Badezimmer will, sperre ich die Tür zu. Das Badezimmer hat kein Fenster, und wenn die Tür länger als ein paar Minuten geschlossen ist, fühlt es sich eng an. Zuerst stört mich die Enge, dann finde ich Gefallen an der dicken verschlossenen Spiegeltür, durch die alles andere nur dumpf und leise dringt, wie unter Wasser. Ich frühstücke im Bad, trinke hier Kaffee oder liege einfach auf dem kleinen warmen Fliesenstück, unter dem das Warmwasser vorbeiläuft. Diese Stunde in der Früh ist meine Entschädigung für grelles Sonnenlicht, künstliche Beleuchtung, Schwimmbecken, den Sportunterricht, Übernachtungen woanders und jede Situation, in der es zu laut ist. Ich weiß nicht, wie ich aussehe und was als Nächstes passiert.

Ich mag die an dir. Mona lässt die silberne Kreuzkette an meinem Hals durch ihre Finger gleiten. *Woher hast du die?* Ich könnte ihr von Reva erzählen, davon, wie es damals in meinem Magen gezogen hat, wenn sie mich angesehen hat. Ich könnte ihr sagen, dass Reva ein Wunsch war, der mit ihr, Mona, in Erfüllung gegangen ist. Aber Mona mag die Kette, mag meine Kette an mir, und ich will nicht, dass sich das mit einer unsichtbaren Reva im Raum ändert.

Als ich das erste Mal nachts bei ihm bin, läuft *Snakes on a Plane* auf dem winzigen Fernseher, der in seiner kleinen Wohnung auf dem Boden steht. Er streichelt mich stundenlang von meinem Arm bis zu meinen Lippen. Meine Mutter fragt, was das denn nun mit diesem Robert sei. Ich komme von nun an nicht mehr gegen vier nach Hause, sondern häufig erst gegen halb acht. *We are dating*, sage ich, und sie fragt nicht weiter.

Robert ist älter als Alex. Er spricht davon, Jus zu studieren, tut es aber nie. Wenn er mich berührt, mit der Hand langsam meinen Bauch hinunterstreicht, geht meine Atmung schneller. Auch er drängt mich nicht. Ich liebe ihn nicht, aber ich bringe ihn dazu, mir zu sagen, dass er mich liebt. Manchmal sehe ich ihn gerne an, im Profil erinnert er mich an einen der Philosophen aus meinen Lateinbüchern. Wenn er isst, ist er mir zuwider. Er leckt gut, aber ich küsse ihn ungerne. Nach ein paar Wochen verlasse ich ihn, er lacht nur. Er ist nicht mehr mein Freund, ich schulde ihm gar nichts. Auch wenn wir uns am Abend nicht treffen, kommt er meist in der Nacht. Er schläft oft bei mir. Ohne Make-up darf er mich trotzdem nicht sehen.

Es muss immer laut und hektisch sein. Für mich muss es immer so sein. Ich liebe die Stadt. Ich frage mich oft, was passiert, wenn alles stillsteht. Wenn ich sage, was ich denke, tut es anderen weh. Wenn alles stillsteht, kann ich in die Welt hinausschreien. Ich will, dass alle mich hören, aber niemand mich fühlen muss. Mir fallen wieder die kleinen Tierchen ein, die in Peko-Nano-Mikrodimension auf meinem Körper wohnen. Ich weiß, dass die Welt mich nicht hören kann, wenn sie stillsteht. Ich stelle mir vor, wie es ist, Autodrom zu fahren, wenn es im Prater leise ist, aber ich fühle es nicht. Ich könnte fahren, womit ich will, könnte schreien, so laut ich will, aber es wäre immer noch leise. Ein Club ist untertags leer, hell und leise. Ich wiege den Kopf und stelle mir vor, wie die Tierchen auf mir tanzen, kratze mich nicht, bin ihre Stadt, ihr Club, ihr Autodrom.

Bin ich in der Nacht allein, habe ich den Rattenblick. Drinnen fühle ich mich eingesperrt, draußen versuche ich das Betongrau der Gehsteige vom pelzigen huschenden Grau der Ratten zu unterscheiden. Bin ich mir nicht sicher, wechsle ich die Straßenseite oder balanciere auf der strichlierten Linie in der Mitte der Straße.

Statt in die Schule gehen wir in den Supermarkt. Wir brauchen zwei Stunden, um uns für rote Grütze, 122 Kalorien, und Vanille-Cappuccino-Pulver, 32 Kalorien, zu entscheiden. *Warum bist du nicht da?*, schreibt Lena. Wir verbringen den ganzen Tag in Monas Bett und essen rote Grütze, bis uns schlecht ist. Am Abend sehen wir mit ihrem Vater die ZIB2, und ich halte Mona im Arm. Irgendwann geht ihr Vater schlafen.

Ich berühre Mona zuerst ganz leicht, nur mit den Fingerspitzen, und drücke sie dann an mich, als würde ich ohne sie ersticken. Mona zieht mich aus und küsst meinen Körper, bis auch ich ihre nackte Haut spüren will. Ihre Hand findet den Weg zwischen meine Beine und unter ihren weichen Brüsten fühle ich meinen Herzschlag. Mona führt mir ihre Finger mit den blau lackierten Nägeln ein, *alles gut,* flüstert sie, und ich kann nur nicken. Die Dunkelheit und ihre vorsichtigen Finger machen mich seltsam sprachlos. Sie flüstert, *ich spür dich,* während sich ihre Finger langsam auf und ab bewegen und ich sie feucht auf meinem Oberschenkel spüre. *Küss mich,* sagt sie und bewegt die Finger schneller.

Woher kannst du das so gut? Ich denke an Mischa.

So wollte ich immer berührt werden.

Ich traue mich nicht, sie so zu berühren.

Wie war es als die Spice Girls und Britney Spears cool waren? Ich will alles wissen. Ich erzähle ihm, dass Britneys kleine Schwester ein Kind vom Kameramann der Serie *Zoey101* bekommt, in der sie die Zoey war. Die Home-Story war in der Teen Vogue. Ich frage ihn nach Britneys zweitägiger Ehe. *Wärst du gerne damals 16 gewesen oder gehts dir darum, jetzt mit mir 29 zu sein?*

In the nighttime

When the world is at it's rest

You will find me

In the place I know the best

Dancin', shoutin'

Flyin' to the moon

Don't have to worry

'Cause I'll be come back soon

Woher kennst du ihn? Ihr Tonfall klingt, als wäre sie der Meinung, Männer wie Robert könnte man nur bei abgefuckten Hinterhofpartys kennenlernen.

Aus dem Internet.

Sie sieht erstaunt aus.

Hast du ein falsches Alter angegeben?

Ist doch egal, jetzt weiß er ja, wie alt ich bin.

Und was ist mit Mischa?

Das war nichts Richtiges, da gings um was anderes.

Worum denn?

Mona, Mona, Mona.

Ich wollte nur wissen, wie er so drauf ist.

Lena nickt.

Warum bist du schon da? Ich habe vor dem Abend mit niemandem gerechnet, hatte mich darauf gefreut den ganzen Nachmittag über zu schlafen und fernzusehen. *Ich dachte, du kommst nicht vor neun.*

Meine Mutter legt ihre Tasche ab, zieht die Schuhe aus und hält mir einen davon entgegen. *Schau.* Einfach abgebrochen. *Die sind noch kein Jahr alt.* Die dunkelblaue gebogene Sohle, mit den zu beiden Seiten abstehenden Riemchen, sieht ohne den keilförmigen Absatz seltsam verloren aus. Ich hoffe, dass sie wieder geht, bevor meine Tiefkühlpizza fertig ist und ich, statt beim Essen fernzusehen, ein Gespräch mit ihr führen muss.

Ich leg mich gleich hin, sie setzt sich zu mir aufs Sofa.

Muss in zwei Stunden wieder los.

Ist dir ein Termin ausgefallen?

Sie legt den Kopf in den Nacken und schließt die Augen. *Du weißt doch, ich wollte heute Elisabeth treffen. Der gehts ja im Moment so schlecht, ist völlig überfordert. Sag Lena bitte nichts. Ich weiß nicht, wie viel sie ihr erzählt.*

Ich überlege, wann Lena mit mir das letzte Mal über ihre Mutter gesprochen hat, und kann mich nicht erinnern. Seit der Scheidung ist Lena meistens bei ihrem Vater und ihre kleine Schwester bei Elisabeth. Manchmal sehe ich Lara in der Schule am Gang, sie ist erst zwölf und sieht Lena nicht ähnlich.

Hat sie dir abgesagt?

Nein, sie wollte, dass ich sie besuchen komme, sie weint nur noch, sagt, dass ihr sogar das Aufstehen schwerfällt.

Ich sehe sie an.

Aber das mache ich nicht, sagt meine Mutter schnell. *Ich hole sie da raus, fahr gern zu ihr in den Zwölften, aber ich besuche sie nicht in ihrem Leid. Das tut ihr nicht gut.*

Ich denke an Lena und daran, wie ihre Mutter uns früher immer Pudding gemacht hat vor dem Schlafengehen.

Meinst du nicht? Ich weiß überhaupt nicht, was ich sagen will.

Das sagt auch ihr Therapeut, dass sie zu Hause weinen soll, und wenn sie fertig ist, dann ihre Probleme angehen.

Sie steht auf, nimmt ihre Tasche und geht ins Schlafzimmer.

Matchst du den?, frage ich Lena, sie swipet nach links. *Gute Entscheidung,* sage ich, *Männer, die Freigeist oder 1312 in ihre Tinder-Bio schreiben, kannst du vergessen.* Ihr Daumen wischt weiter über den Bildschirm. Hässliche und gutaussehende Typen und alles, was es so dazwischen gibt, wandern nach links. *So schnell kann nicht mal ich beurteilen, ob einer was taugt.* Lena drückt auf einen Knopf seitlich an ihrem Handy, das Display wird schwarz. *Spielt doch keine Rolle,* sagt sie, *von denen interessiert mich eh keiner.*

Mona sagt, *meine Königin,* eigentlich wäre ich viel lieber die Prinzessin. Ich glaube, Mona hat auch oft Angst, aber ich weiß es nicht. Mit Alex war alles viel klarer. Er hat mich wirklich interessiert, und ich habe ihn gebraucht. Jetzt brauche ich Alex nicht mehr, aber ich brauche die anderen, Robert, manchmal auch noch Mischa. Jetzt bin ich für alle schön, nur bei Mona bin ich mir nicht sicher. Wir schenken uns Sachen. Ich schenke ihr einen kleinen roten Stein, den ich an ein Armband geknotet habe. Mona schenkt mir ein Sailor-Moon-Notizbuch. *Das bist du,* sagt sie und lächelt nicht. Mona lächelt meist nicht, wenn andere Menschen lächeln würden. Dafür lächelt sie sonst fast immer. Mona schläft gerne mit mir. Ich versuche, mir jedes einzelne Mal zu merken, an jedem Mal etwas zu finden, das es anders macht als die Male davor. Damit ich keinen Moment vergesse. Ich stelle mir vor, wie die Momente, wenn ich nicht aufpasse, in meinem Gehirn verschmelzen, sich vermischen, sich zusammenziehen und weniger werden. Das darf nicht passieren. Über Alex habe ich so nie gedacht. Mein Kopf ist wie ein übervolles Laufwerk, und ich bin oft abwesend. Nur wenn ich mich bemühe, bin ich wirklich da. Alex sieht gut aus, er ist um genauso viel älter, dass es cool ist. Früher wollte ich, dass jeder über uns Bescheid weiß. Mit Mona ist es anders. Ich habe Angst, meine Momente könnten sich verändern, weniger traumähnlich werden, wenn wir einen Alltag hätten. Mit Alex habe ich mir einen Alltag gewünscht.

Lena will sich am Kanal treffen. *Hab zu tun,* schreibe ich ihr, nur um weiter auf mein Handy zu starren und auf eine SMS von Mona zu warten. *Warum bist du dann auf MSN online?,* schreibt Lena. Ich hoffe, dass Mona online kommt.

Wenn Mona meine Hand drückt, *erzähls mir* flüstert, mich mit diesem wartenden Blick ansieht, ist es, als würde sich ein Raum öffnen. Es ist ein Raum, der nicht immer da ist. Manchmal ist er da, aber die Tür lässt sich nicht öffnen, manchmal hat er keine Tür, und oft weiß ich nicht einmal, dass es diesen Raum gibt. Doch wenn er da ist, wenn Mona ihn mir öffnet, dann weiß ich, dass ich dort sein will. Ich will in diesem Raum lachen, weinen, kommen, tanzen und Süßigkeiten essen. Die anderen Räume, die, die immer da, fast immer offen sind, interessieren mich nicht mehr. Ich will in Monas Raum sein. Manchmal ist Mona auch da.

Ich mag es, wenn du beim Sex so langsam kommst.
Das, was wir machen, ist doch kein richtiger Sex.
Mona verbringt die nächsten Nächte nur mit Mischa, ohne mir zu sagen, warum.

Ich beobachte, wie Mona mit Männern spricht, und ahme sie nach. Wenn Mona mir nicht antwortet, kratze ich die Haut an meinen Armen auf.

Als ich nach dem Sommer zurück in die Schule komme, trage ich weite Hemden und viele schwarze Strumpfhosen übereinander. In der Früh aus dem Bett zu kommen, überfordert mich, und ich trinke noch mehr schwarzen Kaffee. Meine Lehrer fragen bereits in der ersten Schulwoche, was denn los sei. *Ich bin doch hier, was wollen Sie von mir.*

Warum hast du mich geküsst?
Ich wollte es. Vielleicht habe ich das mit den Männern schon verstanden, zumindest im Bett.

Magst du den Sex mit ihm?
Er kann mir nicht so wehtun wie du.
Was meinst du?
Ich zeigs dir. Mona schiebt ihr Shirt nach oben. *Meine Mutter ist ganz anders, wenn nur sie da ist.* Auf ihrer bleichen Haut knapp unter dem Bügel ihres BHs ist der lange dünne Strich zu sehen, dessen Erhebung meine Finger so gut kennen. *Das ist von ihr.*
Du hast gesagt, das ist im Urlaub passiert, als du klein warst.
Vielleicht. Es war im Urlaub, sie war wütend, mehr weiß ich nicht. Ich weiß nur, dass es sich so anfühlt, wenn nur meine Mutter da ist.
Was hat das mit uns zu tun?
Deshalb gehts nicht. Ich kann dir nicht geben, was du brauchst.

Ich bin fünfzehn, im Supermarkt bin ich sechzehn, in der Trafik achtzehn, auf Partys einundzwanzig, in Roberts Armen bin ich ganz klein.

Mona ist wie ein Rätsel, das von mir entschlüsselt werden will, das nur von mir entschlüsselt werden kann. Warum will ich sie enträtseln? Warum muss ich sie verstehen? Ich weiß, was ich finden werde, und suche trotzdem. Ich suche genau deshalb.

Am Wochenende hat Robert oft keine Zeit. Er geht mit Freunden auf Techno-Partys. Ich dränge ihn nicht, mich mitzunehmen. An dem Wochenende nach meinem sechzehnten Geburtstag findet wieder eine Party statt und diesmal fragt er mich, ob ich mitkommen will. *Letzten Dienstag ist sie neunzehn geworden,* sagt er, und es regnet Happy Birthdays.

87

Zehn Jahre Unterschied? Na, dass dir der nicht zu alt ist.
Wir trinken Wein, keinen Wodka. *Verträgt sich besser mit dem E.*
Ich schwimme, treibe, fliege, stürze nicht ab. Ich liebe Techno.

Mona spricht nicht mehr über Mischa, ich spreche nicht mehr über Robert. Mischas seltene SMS beantworte ich nicht. Stumm ertrage ich Monas *deshalb gehts nicht.* Ich glaube, es in ihren Augen und hinter ihren roten Lippen zu sehen. Wenn sie mich küsst, bin ich mir sicher. Ich spreche sie nicht darauf an. Wir sprechen nicht mehr über die Zukunft, und Mona spricht nicht mehr von ihrer Mutter.

Wir gehen zusammen zu einem Filmfestival ins Topkino. Hier trinkt man Alkohol, weil es etwas zu feiern gibt, anstatt zu feiern, weil man Alkohol trinkt. Ich halte Monas Hand das allererste Mal außerhalb ihres Zimmers, vor allen anderen. Bisher kennen wir niemanden, also sollte es keine Rolle spielen, aber das tut es. Mir ist schwindlig und schlecht. Das Sektglas in meiner rechten Hand ist warm, und meine linke Hand hält Mona fest, ganz selbstverständlich. Monas Blick wandert suchend durch den Raum. Ich weiß, wen sie zu finden hofft, aber es ist mir egal. Ich halte ihre Hand, sie ist mit mir hier. Ich sehe seine dunklen Locken. Er steht links neben der Leinwand, wartet mit den anderen darauf, dass es beginnt. Unauffällig deute ich in seine Richtung. Mona steuert auf ihn zu. Jetzt gehe ich mit ihr, hänge immer noch an ihrer Hand. *Und, aufgeregt?*
Mischa dreht sich zu uns um.
Na, du spielst doch in einem der Kurzfilme mit.
Ja, aber nur eine Nebenrolle, und er ist ja schon fertig. Er lächelt

zuerst Mona an und sieht dann zu mir. *Warum soll ich nervös sein?*

Mischa wirkt zufrieden mit sich.

Wollt ihr die Filme sehen?

Er deutet auf eine der hinteren Reihen. *Ich sitze mit ein paar Freunden dort, wenn ihr wollt? Ist noch was frei.*

Wir sehen acht Kurzfilme und essen Chips und Popcorn aus Sackerln, die Mischas Freunde herumreichen. Als es vorbei ist, nicken manche Besucher Mischa zu.

Die haben dich erkannt, brüllt ein Freund von ihm, der auch während der Vorstellung getrunken hat. Keiner seiner Freunde geht mit uns zur Schule.

Mona hält immer noch meine Hand. Sie hat sie während des Films nur losgelassen, um sich Popcorn in den Mund zu schieben. Mischas Freunde bestellen an der Bar eine Runde. Wir stellen uns dazu, trinken aber nichts. Als Mischa sein Bier ausgetrunken hat, berührt ihn Mona am Arm und flüstert ihm etwas zu. Mischa verabschiedet sich von seinen Freunden. Zu dritt verlassen wir das Topkino.

Vor der Tür zündet sich Mischa eine Zigarette an. *Ihr zwei?*

Mona nestelt umständlich an ihrer Jacke herum. Ich überlege, ob ich gehen soll, ob Mona will, dass ich gehe. Mona greift wieder nach meiner Hand und geht ein paar Schritte Richtung U-Bahn. Sie sieht Mischa herausfordernd an. *Worauf wartest du?*

Als ich zurück ins Zimmer komme, liegt er hinter ihr. Sie sind beide nackt. Er sagt etwas, das ich nicht verstehen kann, und sie lacht und küsst ihn. Ich bleibe in der Tür stehen. In diesem Moment liebe ich die beiden so sehr, dass es mir Angst macht. Mona sieht mich an, *komm wieder ins Bett, du hast schon Gänsehaut.* Umständlich klettere ich zurück in das fremde Bett, in dem sonst nur Monas Eltern schlafen. Ich habe dieses Zimmer davor noch nie betreten. Im Schneidersitz setze ich mich auf die harte Matratze und schaue aus dem Fenster. Meine Brust ist schwer, und ich habe das Gefühl, ich würde ersticken, wenn ich mich hinlege.

Als Mischa sich gegen Mona und für ein anderes Mädchen entscheidet, bringe ich ihr die Katze vorbei. Die Katze lebt nun in Monas Zimmer. *Ich hoffe, er liegt zu Hause und vermisst mich.*

Warum?
Das hat nichts mit dir zu tun, Kathlen. Wenn das alles richtig wäre, würden gerade nicht wir beide hier sitzen, sondern Mona und ich.
Sind wir noch Freunde?
Mischa lacht und nimmt meine Hand.

Wenn Robert redet, schnippt er mit den Fingern. Es ist kein richtiges Schnippen, er presst seinen Zeigefinger auf den Daumen und lässt seinen Mittelfinger vom Fingernagel des Zeigefingers abrutschen und auf seiner Handfläche landen. Seine Fingerkuppen riechen nach Tabak. Wie seine Handflächen riechen, weiß ich nicht. Wenn ich ihn nach seinen Plänen für den Abend frage, dreht er die Handflächen meist nach oben, als wüsste er nicht, und beginnt dann von den vielen Feiern zu erzählen, auf die er gehen könnte.

Wenn ich Mona sehe, sieht sie mich nicht. Ich sitze ihr gegenüber auf ihrem Bett. Sie hat mich eingeladen, mir die Tür geöffnet, sie sieht mich nicht. Sie will nicht reden, hält das Schweigen nicht aus.

Wann kommst du wieder in die Schule?

Sie streckt mir die Hände entgegen, *hier, habe ich gelernt.*

Zwischen ihren Fingern liegt der Anfang einer kleinen bunten Decke. *Ich häkle jetzt.*

Ich versuche, ihre Hände unter dem bunten Wollgewirr zu finden, doch sie zieht sie weg.

Ich hab dir Erdbeeren mitgebracht.

Ich habe Sex mit Robert, hinten in seinem Auto. Irgendwann verkauft er sein Auto, um sich ein Motorrad leisten zu können. Ich liebe es, hinten auf dem Motorrad zu sitzen und den Wind zu spüren, während Robert über die Nordbrücke rast. Die Donau hat alle Farben, und ich weiß ganz sicher, dass alles gut wird.

Ich weiß, wie es ist. Ich weiß, wie verloren du dich fühlst, aber bitte tu dir nichts, lass mich nicht allein. Wenn ich getrunken habe, laufe ich auf die Straße. Mir gefallen die Lichter der vorbeiziehenden Autos. Im Sommer kann ich den warmen Asphalt unter meinen Füßen spüren. Er fühlt sich besser an als der Asphalt, aus dem die Gehsteige gemacht sind. Manche der Autos hupen, bevor sie ausweichen. Ich strecke die Arme aus und drehe mich, so schnell ich kann, meine Haare peitschen mir ins Gesicht. Ich bin außer Atem, und mir ist schwindlig. Ich lege mich auf den Boden, wie früher beim Zebrastreifenspiel.

Glaubst du, wir kommen in den Himmel?

Heute noch nicht.

Obwohl, kommt drauf an, wie viel du vorher genommen hast.

Er lacht und kann gar nicht mehr aufhören zu lachen.

Irgendjemand berührt mich am Oberarm.

Wo sind wir?

Thomas geht in die USA, nach Miami, ein ganzes Jahr lang. Für Thomas' Auslandsjahr ist Geld da. Zu seinem Geburtstag, kurz vor den Sommerferien, schenke ich ihm eine Flasche Bier und ein kleines Österreichisch-Wörterbuch, damit er Wien nicht vergisst. Er packt es nicht ein. Mein Bruder ist nicht mehr da, und Robert hält mich. Ich weiß, ich werde Thomas vermissen.

Ist die Intention egal? Ich weiß es nicht, ich denke nicht. Wenn etwas gut gemeint ist, muss es doch einen Wert haben, oder? Es darf zumindest nicht genauso beurteilt werden wie etwas vorsätzlich Schlechtes. Ich mag kein schwarz-weiß, kein richtig und falsch. Ich mag grau-bunt und ganz viel gut gemeint und trotzdem verschissen. Ich hänge schnell in der Luft. Ich weiß nicht, wo mein Ich anfängt. Ich habe das Gefühl, ich bin so viele, nicht so viel. Meistens kann ich darüber gar nicht nachdenken, dafür müsste es ruhig sein, aber das ertrage ich nicht. Ich brauche es laut, aber kann den Lärm nicht mehr hören. Warum, weiß ich nicht. Andere sind so leicht zu verstehen.

Lena will nach der Schule studieren, ich nicht. Mona geht nicht mehr zur Schule. Bei Mona ist es anders als bei Maral. Ich weiß, wo sie ist, zu Hause, weiß, dass es ihr gut geht, weiß, dass es ihr nicht gut geht, weiß, dass sie müde ist und nicht mehr rausgehen kann, besuche sie, damit sie nicht alleine ist. Lena versteht nicht, warum ich sie besuche. Ich habe ihr nicht von Mona erzählt, als es angefangen hat, ihr nicht gesagt, wo ich an diesen langen Nachmittagen, an denen die Sonne unter- und wieder aufgeht, bin. Ich weiß nicht mehr, ob Lena danach gefragt hat. *Was willst du bei der? Die ist voll Absturz.* Ich weiß, dass ich jetzt nicht mehr anfangen kann, es zu erklären.

Ich fahre mit meiner Klasse nach Prag. Es ist das dritte und letzte Konzentrationslager, das ich in meiner Schulzeit besichtigen muss. Mona ist diesmal nicht dabei. *Warum hast du dich denn heute nicht wärmer angezogen? Du hast doch gestern schon so gefroren,* sagt die Reiseführerin. Lena verdreht hinter ihrem Rücken die Augen. Ich zucke nur mit den Schultern. Ich trage all mein Gewand übereinander.

Wir reden über so viel, aber das reicht nicht, auch Sex reicht nicht. Robert muss immer unter Menschen sein. Ich reiche nicht. *Du bist die Einzige.* Auf jeden Abend zu zweit folgt immer eine Party. Es ist laut. Ich denke an Mona. Es ist viel. Auch allein kann ich vor vier Uhr nicht mehr schlafen. Robert gibt mir etwas zum Runterkommen, aber ich mag die Tabletten nicht. Sie trocknen meinen Mund aus und machen mich langsam. Ich verstecke mich. Ich esse Erdnussbutter, Apfelmus, Tiefkühlbeeren und Tiefkühlerbsen. Von allem anderen muss ich mich übergeben.

Mein Herz pulsiert in meinen Händen. Ich presse sie alle an mich, meine Gedärme, blutig und warm winden sie sich in meinen Armen, wie ein Neugeborenes, das von der falschen Frau im Arm gehalten wird. Ich sitze auf dem kalten, harten Plastikstuhl. Er fühlt sich so anders an als meine Organe, unpersönlich. Ich warte darauf, aufgerufen zu werden, obwohl ich meinen Namen nicht kenne.

Mona nimmt keine Drogen, Mona übergibt sich. Mit Mona behalte ich die Kontrolle.
Nur weil etwas gut klingt, muss es nicht wahr sein.
Mona kann ich es auch nicht mehr erzählen.

Wo ist sie?, will ich wissen, doch Lena sagt immer nur, *weg*.
Was meinst du mit weg?
Lena schüttelt nur den Kopf.
Die Kette hat mir Reva geschenkt. Bis gestern lag sie hier, ich weiß das. Wo ist sie? Lena sieht mich nicht an.
Meine Nägel bohren sich in meine Handflächen, und ich würde sie am liebsten schütteln. *Was ist dein Problem?*
Lena nimmt oft meine Sachen. Sie denkt sich nicht viel dabei, und die meisten finden schnell wieder ihren Weg zu mir. Ich borge mir auch manchmal Sachen aus, aber bei Lena ist das anders. Lena nimmt sich von anderen, was sie will, ohne etwas zu sagen. Von mir nimmt sie nie etwas Wichtiges, bis jetzt. *Ich will meine Kette,* schreie ich, und jedes Wort klingt wie ein Schlag.
Lena geht.

Wieso habe ich so viele Fragezeichen? Wieso gebe ich immer vor, alles zu wissen? Wieso werde ich immer so schnell wütend? Habe ich Lena übersehen? Wenn ich mich das frage, weiß ich die Antwort dann nicht eigentlich schon? Warum schließe ich Lena aus? Beschütze ich sie oder mich? Was befürchte ich in ihrem Gesicht zu sehen? Warum denke ich über all das erst jetzt nach? Warum reiche ich Mona nicht? *Das tust du doch, meine Königin, da gehts um was anderes.* Mona liebt mich. Warum weiß ich, dass sie trotzdem gehen wird? Ich habe das Gefühl, Männer reichen mir nicht mehr, Mona reicht nicht. Wenn sie mich nicht braucht, warum sieht sie mich dann so an?

Wir fahren aufs Urban Electrics. Lena fährt in einem anderen Auto mit. Es ist das letzte Wochenende der Osterferien. Meine Erinnerungen an die vergangenen Wochen sind verschwommen. Robert baut auf einer Wiese mit ein paar Freunden zwei große Zelte auf. Das Festival wurde vorverlegt, und es fühlt sich an, als würden hier alle kollektiv für einen Festivalsommer vorglühen. Ich sehe mir das Gelände an, rede mir ein, ich würde nicht nach Lena suchen. Inzwischen müssten alle drei Autos hier sein. Vor den Bühnen wird es voller, und die Stimmung verändert sich. Ich suche eine der kleineren Bühnen aus und schiebe mich zwischen schwitzenden Menschen vorbei in die erste Reihe. Ich schließe die Augen und mein Körper bewegt sich, schüttelt die Angst und die Fragen ab.

Sie sind überall. Ich kann sie spüren. Robert klammert sich an die abgewetzten Armstützen seines Campingstuhls. Ich sitze neben ihm auf dem Boden. *Alles ist gut.* Ich öffne eine Dose Kaffee. Ich wünschte, ich würde noch schlafen wie die anderen. *Mach sie weg,* er fängt an zu zittern. Ich stelle meine Kaffeedose in die Wiese und greife nach seiner verkrampften Hand. *Hier ist niemand.* Die Berührung scheint ihn zu beruhigen. *Doch, die Ameisen, ich spüre sie.* Ich stehe auf, halte meine Hand weiterhin fest auf seine gedrückt. Ich nehme auch seine andere Hand und streiche mit den Handflächen vorsichtig seine heißen Oberarme entlang. Robert hört auf zu zittern. Als er das nächste Mal *Ameisen* flüstert, klingt seine Stimme, als würde er das erste Mal seit Jahren wieder richtig Luft holen. Gleichmäßig streiche ich über seine Arme, den Oberkörper und die Beine, nur den Genitalbereich lasse ich aus. Zum Schluss liegt sein Gesicht in meinen Händen, und ich fühle mich wie die Vorsteherin eines Kults, die ihre Mitglieder segnet. *Schlaf jetzt, die Ameisen sind weg.*

Meine Mutter sagt, sie habe sich eine blonde Tochter mit zwei Zöpfen und ein paar Jahre später dann einen dunkelhaarigen Jungen gewünscht. Sie lacht und sagt, dass es nicht schlimm sei, dass mein Bruder ein paar Jahre zu früh und blond auf die Welt gekommen sei. Ich hatte früher helle Haare und Zöpfe. Mit der Zeit sind meine Haare immer dunkler geworden, und ich habe mich schon lange nicht mehr wie dieses Mädchen gefühlt. Wenn Bekannte meinen, wie ähnlich meine Mutter und ich uns sehen, verzieht meine Mutter das Gesicht und sagt, *sie sieht aus wie ihr Vater* oder *das macht nur die Frisur.*

Wir rasen, nicht mit Lichtgeschwindigkeit, aber wir sind schnell. Wir sind haltlos. Die Gesichter verschwimmen vor meinen Augen, und ich sehe nur noch mich. Alle sind sie ich, und ihre Stimmen sind meine. Wir sind ein großes schreiendes, lachendes Monster mit mehr Köpfen als Armen. Wir sind überall. Unsere Namen sind nichts als Platzhalter, die Grenzen unserer Körper haben ihre Bedeutung verloren.

Mischa packt mich am Oberarm. Er muss vor der Schule auf mich gewartet haben. *Was ist mit dir los?* Er redet auf mich ein. *Ich erkenne dich nicht wieder.* Ich war nur in der Schule, um Lena zu sehen. *Kathlen.* Lena war nicht da. Ich versuche, mich loszumachen. Sein Griff wird fester. *Wir sind keine Freunde,* sage ich.

Ich weiß oft nicht, welche Dinge wirklich passiert sind und welche nicht. Es ist, als würde ich mich an zu viel erinnern, wie umgekehrte Demenz, denke ich. Warum habe ich nie nach meinen Porzellanpuppen gefragt? Wenn ich nüchtern bin, ist es ein bisschen einfacher, dann glaube ich die Dinge, die ich sehe, höre und fühle, sonst nichts. Wahrscheinlich sind sie in einer Kiste in einem Keller, in einem Haus, in dem wir längst nicht mehr wohnen. Kann ich etwas nur sehen, aber nicht hören? Ist es nicht wahr, auch wenn ich es fühlen kann? Mein System hat Schwachstellen, das weiß ich. Musik kann man oft nicht sehen, aber nachts sehe ich das Wummern des Basses, sehe wie meine Hand rhythmisch vibriert, wenn ich sie auf die großen Boxen in der ersten Reihe lege. Dann denke ich nicht mehr an Puppen, sehe, höre und fühle auch die anderen Menschen nicht.

Ich bin unkonzentriert. Ich schaffe dreißig Seiten, die eigentlich nur vierundzwanzig sind, weil das Buch erst auf Seite sieben beginnt. Ich bin einmal hier und einmal da, lese einmal hier und einmal da. Mir ist übel. *Du verschwendest deine Zeit,* sagt Mona, wenn sie mich mit einem Buch sieht. Ich kann nicht gut lesen, wenn mir schlecht ist. Ich kann nicht gut denken, wenn mir schlecht ist. Ich lese kein einziges der Bücher, die wir in der Schule lesen müssen. Ich sammle sie wie Souvenirs.

Du bist porno, darum gehts, er schiebt seine Finger in meinen Mund. Nach dem Sex denke ich an den Tod. Er atmet tief.

Ich denke daran, dass es sich nicht rentiert, sich den Unterschenkel abzutrennen und zu essen. All das Fleisch die Muskeln und Sehnen, all diese Kalorien, die man durch Konsum seines Unterschenkels zu sich nehmen könnte. Es sind insgesamt weniger Kalorien, als der Körper braucht, um die Wunde zu verschließen und das Blut nachzubilden. Wir haben ein Sicherheitssystem eingebaut. Menschen tun immer nur das, was sich für sie lohnt.

Ich habe sie, die ganz große Freiheit. Ich habe alles, ich bin alles. Das Gras, der Himmel, die Welt. Nein, nicht das Gras. Ich fliege und falle ganz tief, ich sinke ein in die tiefe Erde. Bete, dass es niemals endet, weiß, dass es enden wird. Sehe Lenas Gesicht vor mir, verzerrt. In meinen Ohren lacht und kreischt es, und ich werde herumgeschleudert, wie auf dem Break Dance im Prater, bin nicht angeschnallt. Ich kann meinen Kopf nicht halten, und Lenas Gesicht verschwindet, es hat nie einen Körper gehabt. *Hier nimm noch was,* Roberts Hand findet meine, und ich schlage sie weg, und er schlägt mich. Weil jetzt die Pillen am Boden liegen, *auf der dreckigen Erde,* schreit er, obwohl unter uns Beton ist. Ich ziehe die Schuhe aus, um die Wiese zu spüren, die eben noch da war, das Gras, die dünnen Halme, die in dieser Stadt, vielleicht in jeder, alle so gleich sind.

Ich weiß nicht, warum ich sie genau hier suche, weiß nur, dass ich sonst überall war. Am Kanal, bei ihrem Vater, bei allen Freunden. Lenas Vater glaubt, sie ist bei mir, die Lehrer glauben, sie ist krank, nur ich weiß, dass sie nicht da ist. Ich drücke auf den Knopf, auf den sonst Lena immer nach der Schule gedrückt hat. Der Namenssticker, der immer daneben klebte, ist abgerissen worden. Ich kratze an der Stelle neben meinem Daumennagel, die fast immer blutet. Es surrt und schnell öffne ich die Tür, gehe die zwei Stockwerke bis zur Haustür zu Fuß und überspringe dabei immer eine Stufe. Elisabeth steht in der Tür. Sie trägt ein Nachthemd, obwohl es schon spät am Nachmittag ist. *Hallo,* sage ich.

Kathlen, sagt sie verwirrt, *was machst du hier?*

Kann ich reinkommen?, frage ich zurück, weil ich nicht weiß, was ich ihr antworten soll.

Hier ist Lena sicher nicht. Elisabeth tritt einen Schritt zur Seite, und ich betrete die Wohnung.

Ist Lara da?, frage ich.

Elisabeth schüttelt den Kopf.

Wir stehen im Flur, und ich überlege, was ich noch sagen kann. Der Geruch der Wohnung erdrückt mich.

Willst du was trinken?

Ich nicke, Elisabeth geht in die Küche. Ich stehe im Flur, ich bin nicht oft hier gewesen. Vor der Scheidung hat Lenas Mutter bei ihrem Vater gewohnt. Dort waren wir oft, es gibt eine helle Wohnküche, auf den breiten Fensterbrettern stehen Pflanzen, und es stapeln sich Fachmagazine. Hier ist die Decke niedrig, und die Küche ist eine kleine Nische, die hinter dem dunklen Wohnzimmer liegt. Die Tür zu Lenas und Laras Zimmer ist geschlossen. Ich war nur einmal in diesem Zimmer. Lena sagt, dass sie den Raum deprimierend findet. Ich höre, wie Lenas Mutter in der Küche Schränke und Laden öffnet. Ich hoffe, sie richtet nichts zu essen her. Ich stelle mir vor, wie Lena mit Lara in diesem Zimmer sitzt und aufs Abendessen wartet. Ich verstehe, warum sie hier nicht sein will. Lena sagt selten, was sie stört, sie geht einfach. Ich durchquere das Wohnzimmer mit zwei schnellen Schritten und stehe vor ihrer Zimmertür. Sie würde nichts Wichtiges in einem Raum aufbewahren, in dem sie ungern ist und in dem auch Lara wohnt, denke ich. Trotzdem öffne ich die Tür.

Sie ist klein und braun. Vorne auf dem Bauch hat sie einen weißen Fleck, und die Vorderpfoten sind weiß. Als wäre sie in einen Farbkübel gestiegen. Ihre Pfoten rutschen auf dem glatten Holzboden. Sie bellt nicht, aber manchmal winselt sie. Sie tapst herum, und ich zähle fünf münzgroße Lacken in Lenas Zimmer. Auf dem breiten roten Band um ihren Hals steht kein Name. Anna, sage ich, weil sie nicht namenlos bleiben darf, und sie wedelt mit dem Schwanz. Anna passt genau in meine Tasche.

Sie ist oft nervös, braucht ständig Beschäftigung. Ich habe Angst, sie zu lange allein zu lassen. Ihr Bauch ist ganz weich, und ihre Augen werden immer kleiner, wenn ich sie kraule. Ich habe Angst, etwas falsch zu machen. Wenn es ihr gut geht, fühlt sich irgendetwas in mir wieder ganz an. Vielleicht brauche ich sie mehr als sie mich, denke ich. Ich rechne ihr ungefähres Alter in Menschenjahre um und stelle mir vor, was sie zu mir sagen würde. Ich sage ihr, dass ich sie liebe und dass ich hoffe, es geht ihr bei mir besser als in ihrem alten Zuhause. Ich gebe zu, manchmal ungeduldig zu sein und sicher nicht alles richtigzumachen. Ich werde traurig. Sie schläft, manchmal macht sie kleine Geräusche, wenn sie träumt, dann klingt sie wie ein Spielautomat. Ich weiß nicht, warum ich traurig bin, obwohl es ihr doch gerade so gut geht. Meine Lippe blutet, meine Daumeninnenseiten auch, unter meinen Fingernägeln klebt Blut. Ich will mich kratzen, ich bleibe still sitzen. Ihr kleiner Kopf bewegt sich bei jedem Atemzug im

Rhythmus ihres Brustkorbs. Sie liegt ganz nah bei mir, und ich wünsche mir, dass sie für immer so bei mir liegt.

Wir sitzen einander gegenüber auf Monas Himmelbett. Sie fehlt noch immer in der Schule. Weil ich Anna nicht alleine zu Hause lassen kann, habe ich sie mitgebracht. Zuerst war sie aufgeregt, irgendwann ist sie zwischen uns eingeschlafen. In Monas Zimmer wird es immer dunkler, aber keine von uns will aufstehen und das Licht einschalten. *Annabelle*, sagt Mona, weil Anna doch kein Name für einen Hund sei. *Annabelle*, sage ich, und Annabelle hebt ihren kleinen Kopf und sieht mich an. Monas Zimmertür geht auf. *Kannst du nicht klopfen?* Ihr Vater bleibt in der offenen Tür stehen und tastet nach dem Lichtschalter. *Jetzt muss ich auch schon klopfen, wenn du Damenbesuch hast, ja?* Mona verdreht die Augen, *wenn Kathlen da ist, schon.* Er schaltet das Licht ein. Ich schaue auf das Leintuch zwischen uns und zähle die Sojasaucen- und Red Bull-Flecken, um ihren Vater nicht ansehen zu müssen. Er ist groß und dünn, ganz anders als Lenas Vater. *Wollt ihr mitessen?* Mona sieht ihren Vater weiter an. *Deine Mutter kommt heute spät*, sagt er. *Ich habe keinen Hunger.* Ihr Vater nickt nur und wendet sich zum Gehen. *Mach die Tür zu.* Mona steht vorsichtig auf, um Annabelle nicht zu stören, und schiebt ihren Schreibtischsessel mit der Lehne unter die Türklinke. Sie schaltet das Licht wieder aus und setzt sich zurück aufs Bett. *Er hat nichts zu Annabelle gesagt.* Mona lacht, *der ist froh, dass du kein Mann bist. Wahrscheinlich könntest du einen ganzen Zoo mitbringen und er würde nichts sagen. Er freut sich, dass ich endlich wieder eine beste Freundin habe.* Ich denke an Lena. *Er macht sich Sorgen, weil ich so viel alleine bin.* Sie greift nach meiner Hand, *bleibst ihr heute hier?*

Bei Mona habe ich Angst, in tausend Teile zu zerspringen, Angst davor, dass niemand mich mehr ganz machen kann. Ich habe Angst, vor ihr zu liegen in so vielen Teilen, und Angst vor dem, was sie sieht, und dem, was sie nicht sieht. Mona hat keine Angst, sie hat die Kontrolle.

Gib her, los. Robert greift nach meiner Tasche. Manchmal ist es ein Spiel, manchmal ist es keines. Er lässt Geldbörse und Lippenstifte wieder zurück in die Tasche fallen und blättert durch meinen Kalender. Er sieht mich an, und ich fühle mich ertappt, weiß nicht, welche Rolle ich spielen soll, damit er aufhört, mich so anzusehen.

Wer ist der Schwarze? Warum hast du ein Foto von dem dabei? Ich soll anders sein, weiß aber nicht, wie ich gerade bin. Ich halte mir die Ohren zu, kann Robert nicht erklären, dass Mona dieses Bild von Mischa gemacht hat, dass es mich an eine Zeit denken lässt, in der noch alles gut war, dass ich es von meiner Wand abgenommen habe, damit sie es nicht mehr sieht.

Sag mal, verarschst du mich! Er zieht an meinen Unterarmen, zieht sie von meinem Kopf weg und hält meine Handgelenke ganz fest.

Wehr dich. Seine Pupillen sind weit. Es sind diese Momente, in denen er mich so ansieht. Die Momente, in denen ich gar nichts weiß. Warum musste er genau jetzt meine Tasche durchsuchen. Als ich ihn nur weiter anschaue und versuche, nichts zu fühlen, beginnt er zu schreien.

Entweder es ist ganz still oder ganz laut. Mama hat ihre Freundinnen eingeladen, Wolfgang hat Besuch, Thomas feiert eine

Party, oder sie sind unterwegs. Manchmal katert Thomas auch, oder meine Mutter und Wolfgang blockieren mit einer Flasche Wein den Fernseher. Ich bin auch oft unterwegs. Früher war Lena öfter bei mir, manchmal auch andere Freundinnen. Oft bin ich auch alleine, so richtig alleine, nicht katernd vor dem Fernseher. Alleine in der Wohnung, alleine in meinem Zimmer, sogar alleine in meinem Kopf. Das habe ich früher nie ausgehalten. Seit Annabelle bei mir ist, darf es manchmal auch leise sein. Wenn sie wach ist, zählt das nicht als allein sein. Wenn sie schläft, schalte ich nie Musik oder den Fernseher ein. Wir liegen einfach im Bett, ich höre ihrem Atem zu und manchmal auch meinen Gedanken. Oft habe ich das Gefühl, es geht alles so schnell. Meine Gedanken springen, und ich komme mit dem Fühlen nicht hinterher. Alex hat mich oft gefragt, was ich denke, weil ich ihn das oft gefragt habe. Ich versuche mich selbst zu fragen, was ich denke, und kann mir nicht antworten. Irgendwann rast dann auch mein Herz, und ich bekomme keine Luft mehr. Dann wacht Annabelle auf, und ich muss mich um sie kümmern.

Auf dem Schulball trinkt Mischa vier Wodka Bull und schlägt unserem Geografielehrer mit der Faust ins Gesicht. Jeder weiß, dass der Lehrer auf kleine Mädchen steht. Mischa wird trotzdem suspendiert. Mona sagt, *er steht nicht nur auf kleine Mädchen*. Mischa darf zurück in die Schule, wenn er sich entschuldigt. Mischa kommt nicht zurück.

Als sich Mona ins Gesicht schneidet, verstehe ich es nicht. Ich schneide mich an Stellen, die man gut verstecken kann, gerade Linien, manchmal eckige Wörter. Monas Schnitte sind nie gerade. Sie sehen aus wie kleine wellige Ornamente. Sie schneidet sich oft an der Hüfte, immer an derselben Stelle. Sie sagt, sie tut es nur, weil ihr die Narben gefallen. Der Schnitt in ihrem Gesicht beginnt knapp über ihrem Mundwinkel und geht bis unter ihr Ohrläppchen. Heute sehen wir nicht mit Monas Vater die Nachrichten.

Hey, schreibt Alex, und es ist nichts Großes, *ich bin jetzt in Wien,* schreibt er und mein Herz schlägt nicht schneller, als ich eine Antwort tippe. Wir gehen auf einen Kaffee. Das Handy in meiner Tasche läutet, und ich habe Angst, dass es Robert ist. *Du bist ganz anders.*

Wenn Alex zu eingeraucht ist, baue ich ihm seine Ofen. Ich rauche nur selten, kiffen reizt mich nicht mehr. Ich habe Robert so oft beim Bauen zugesehen, dass meine dünnen Finger auch ohne Übung sehr viel geschickter sind, als es Alex mit seinen zittrigen Händen ist.

Mona häkelt eine Decke, *um das Warten auszuhalten,* sagt sie. Worauf sie wartet, weiß sie nicht, vielleicht will sie es mir auch nur nicht sagen. *Denkst du noch an Mischa?* Denkst du noch an mich, will ich fragen. Mona schüttelt den Kopf, eine Masche gleitet von der Nadel. *Woran dann?* Sie sagt, *es ist eine von diesen Sachen, die kaputtgehen, wenn man darüber spricht.*

Ich erzähle niemandem, dass Lena weg ist. Mir erzählt auch niemand irgendetwas, und wenn doch, tut es weh. Ich war schon lange nicht mehr gerne in der Schule. Das Beste an der Schule war Lena, aber ich weiß nicht, wo sie ist. Ich will nicht mehr gefragt werden, wo Lena ist, nicht mehr lügen, nicht mehr zugeben, dass ich keine Ahnung habe, dass ich meine beste Freundin vielleicht gar nicht kenne, dass ich es wissen müsste, dass es meine Schuld ist. Ich kümmere mich um Annabelle, weiß, dass das nicht ewig so weitergehen, dass sie jemand entdecken wird, dass ich nach Lena suchen muss, dass ich zu wenig getan habe, dass bei ihren Eltern nachsehen nicht reicht. Mein Handy vibriert, ich schaue auf das Display, *meine Eltern haben es gesehen.* Ich denke an Monas Lächeln, bevor ich von den vielen Schnitten wusste.

Wann wusstest du damals eigentlich, dass du mich magst? Bei mir war es an diesem ersten Wochenende, als wir in Tulln zu Besuch waren.
Alex schließt die Augen. *Ich glaube, es war auch dieses Wochenende. Ich meine, als wir uns bei der Hochzeit gesehen haben, war es noch einmal anders, aber ich fand schon damals, dass du gut aussiehst. Verdammt, ist das lange her,* er lacht.
Sechs Jahre. Ich drücke mein Gesicht gegen seine nackte Brust.
Weißt du noch, als wir auf diesen Baum geklettert sind, im Garten von meinen Großeltern?
Ich nicke.
Ich weiß nicht, wie ich da raufgekommen bin, mit meiner Höhenangst.
Die hattest du damals schon? Ich kann mich wieder an den Ausdruck in seinen Augen erinnern, kurz bevor ich vom Baum gesprungen bin.
Die hatte ich schon immer.
Das war es also, Angst.

Auf der Psychiatrie gibt es gar nichts. Da ist nur ein weißer Raum, ein weißes Bett. Früher mochte ich Weiß. Die Katze liegt dottergelb auf Monas Bett, und ich weiß nicht, was ich mit meinen Händen tun soll. *Setz dich*, sie klopft aufs Fußende. *Warum bist du noch im Bett?*

Es gibt hier nichts zu tun.
Zum ersten Mal ist es umgekehrt. Mona redet, aber ich kann nur an Lena denken.
Gibst du ihm das? Sie legt einen dunkelroten Umschlag zwischen uns auf die Decke.
Ich nicke und weiß doch, dass Mischa den Umschlag nicht öffnen wird.

Ich liebe dich, flüstere ich Alex zu, bevor er in mich eindringt. Weil man die Männer doch lieben sollte, mit denen man schläft. *Ich liebe dich*, flüstert Alex. Weil ich das die letzten Jahre vergessen habe.

Ich finde den Gedanken beruhigend, dass alles, was mir passiert, etwas mit mir zu tun hat, dass es keine Zufälle gibt, aber auch kein Schicksal, dass ich alles entscheide und gleichzeitig alles schon entschieden habe. Meine Vergangenheit entscheidet permanent meine Gegenwart, die zu meiner Vergangenheit wird und meine Zukunft bestimmt, die dann bereits Gegenwart ist. Trotzdem kann ich Fehler machen. Ich mag es, dass in diesem Wort ein Teil von *fehlen* steckt. Es klingt, als könnte ich weniger dafür. Ich weiß nicht, was mir fehlt, aber es fehlt etwas.

Mit Alex ist es leichter, leichter als es früher war, leichter als mit Mona und sogar leichter als mit Mischa oder Robert. Alex kommt zu mir, wann immer ich nicht allein sein will. Wir sehen fern, meistens irgendetwas, bei dem wir lachen können, oder ich erzähle ihm Geschichten. Manche sind vom letzten Buch inspiriert, das ich gelesen habe, andere formen sich aus meiner Dunkelheit. Alex hört zu, Alex schläft viel, Alex will nichts erzählen. Alex ist der Hintergrund zu meinem restlichen Leben. Seine Anwesenheit hindert mich daran, Robert anzurufen. Er will auch nicht wissen, wo Lena ist. Er streichelt Annabelle, er ist nur ein zweites warmes weiches Wesen neben ihr, um das ich mich kümmern muss.

Ich warte auf den Dr. Richard-Bus. Die Fahrkarte ist viel zu teuer, und der Bus bleibt in jedem Kaff stehen. Warum muss jemand mit einem Doktortitel Menschen, die Bus fahren müssen, so abzocken? Mein Öffi-Ticket gilt nur für die Kernzone Wien. Annabelle darf ich auch nur mitnehmen, weil ich dem Busfahrer erkläre, dass sie noch ein Baby ist. Ich habe sie auf dem Arm, und wir machen beide ganz traurige Augen. Dem Busfahrer ist das egal, aber er ist es leid, mit mir zu diskutieren, und sagt nur, dass er wegen dem Viech sicher nirgendwo extra stehen bleibt und ich die Reinigung zahlen kann, wenn sie in den Bus macht. Ich nicke, husche an ihm vorbei und haste die Stufen nach oben. *Das ist deine erste Doppeldeckerfahrt,* flüstere ich Annabelle zu. Sie zuckt in meinen Armen, *wir setzen uns oben in die erste Reihe, von dort siehst du alles.* Der Bus fährt los, und noch bevor wir auf der Autobahn sind, ist Annabelle eingeschlafen. Das ist immer so, wenn sie gefahren wird. Vielleicht entspannt sie das Gefühl, unterwegs zu sein. Ich sehe alles. Die vielen engen Kurven in der Stadt, die vom Bus genervten Autofahrer auf der Autobahn und jede einzelne Zwischenhaltestelle auf einem Hauptplatz, der diesen Namen gar nicht verdient. Ich verpasse fast die Station, an der wir aussteigen müssen. Das passiert mir hier fast immer, in Wien nie.

Da bist du ja, begrüßt mich meine Großmutter. *Lass dich anschauen, und wer ist das?*

Die gehört einer Freundin, sage ich schnell. *Ich bin heute nur der Babysitter.*

Meine Großmutter sieht Annabelle verzückt an, *weißt du noch unser Lilo, da warst du noch so klein,* sie deutet mit der Handfläche in Richtung Boden.

Ja.

Wir fahren den Berg hinauf zu dem Haus, in dem ich früher so viel Zeit verbracht und das ich in den letzten Jahren fast nur an Feiertagen gesehen habe. Ich lasse Annabelle im Garten freilaufen. Sie zischt sofort davon, als ich ihre Leine löse, ist vom langen Busfahren ganz aufgedreht. Ich beobachte, wie sie am Gemüsebeet vorbeiläuft und meinen alten Geburtstagsbirnenbaum streift, der nie Birnen getragen hat. Ich gehe die wenigen Stufen zur Terrasse hinauf und gebe meinem Großvater, der in der Eingangstür steht, die Hand. *Viel Verkehr?,* fragt er, und ich frage mich, ob er hier oben wartet, weil es ihn anstrengt die Treppe hinunterzugehen.

Am Küchentisch verteilt Großmutter Mehlspeise auf den Kuchentellern. *Gib ihr ein Geld,* sagt mein Großvater, als er fast aufgegessen hat.

Nein, Opa.

Meine Großmutter geht zur Küchenschublade und holt einen Hunderter hervor. *Brauchst du Geld?* Sie legt mir den Schein hin.

Nein, Oma.

Sie setzt sich wieder.

Danke.

Mein Großvater sieht mich erwartungsvoll an. *Ich brauche kein Geld.* Ich habe den Hunderter schon eingesteckt.

Annabelle kommt durch die offene Haustür in die Küche getapst, und meine Großmutter stellt ihr eine Schüssel mit Wasser hin. Sie trinkt gierig und verteilt dabei die Hälfte über den Fußboden.

Ist es wegen dem Hund?, fragt meine Großmutter. Sie merkt, dass ich mit meinen Gedanken ganz woanders bin.

Nein, ich passe nur auf sie auf.

Aber ich soll deiner Mutter nichts sagen.

Ja, bitte. Es ist wegen Lena, meiner Freundin.

Meine Großmutter sieht mich an.

Wir haben uns gestritten.

Wann?

Ich sage, *ich weiß nicht wann*, obwohl ich es genau weiß. Ich tue so, als ob ich nachdenken würde. Dann spreche ich das Datum aus und mir wird kalt. Ist es schon so lange her? Habe ich wirklich nur zwei Versuche gemacht, sie zu finden, und zweiundzwanzigmal auf ihrem Handy angerufen? *Sie hat ein paar Sachen gepackt, ich war bei ihrem Vater, habe mich in ihrem Zimmer umgesehen.*

Ich kann meiner Großmutter ansehen, dass sie an das Schlimmste denkt.

Sie ist weggegangen, Oma, mehr weiß ich nicht. Wir haben uns gestritten. Es war nichts Wichtiges, aber. Ich weiß nicht, was ich sagen will. *Bei ihren Eltern ist sie nicht. Ihr Vater glaubt, sie war bei ihrer Mutter und ist jetzt bei mir. Ihre Mutter glaubt, sie ist bei ihrem Vater. Die Lehrer glauben, sie ist krank.*

Ich weiß, dass mir meine Großmutter sagen will, dass ich ein dummes Mädchen bin, dass trotzdem etwas passiert sein könnte, dass man so was nicht geheim hält. Ich bin froh, dass sie es lässt.

So ist das manchmal, Sachen passieren und man findet keine Erklärung. Meine Großmutter hat immer für alles eine Erklärung. Sie hat sich nie damit zufriedengegeben, nicht zu wissen, warum etwas passiert. Sie räumt die leeren Kaffeeheferln ab. Als sie sich zur Küchenzeile dreht, bleibt ihr Blick an einem Foto hängen. Mein Urgroßvater lächelt zu uns in die Küche, mich auf dem linken, Thomas auf dem rechten Knie sitzend.

Ich sitze wieder im Bus, Annabelle schläft. Die kleinen Häuser werden zuerst zu Wald, dann zu Autobahn und dann zu Wien. Sie hat mir nicht gesagt, ich soll zur Polizei gehen. Sie hat nicht einmal gesagt, dass ich es irgendjemandem sagen soll. Ein Teil von mir hat gehofft, vielleicht sogar erwartet, dass mir meine Großmutter die Entscheidung abnimmt, dass sie mir sagt, was zu tun ist, oder es sogar selbst tut. Zwischen der Hülle und dem Smartphone steckt jetzt ein Hunderteuroschein. Ich muss anfangen, richtig nach ihr zu suchen.

Wir sitzen bei Alex' Eltern auf der Terrasse. Alles fühlt sich falsch an. Sie wissen nicht, dass er sein Studium abgebrochen hat. Sie wissen nicht, dass er wieder in Wien ist. Sie denken, dass er mit seinem Bachelor fast fertig ist und erst für seinen Master im Herbst nach Wien gehen wird. Alex kann nicht mehr auf die Uni gehen. Alex kann nicht einmal mehr die Website der Uni öffnen. Alex kifft zu viel. Alex kommt vor dem Nachmittag nicht aus dem Bett. Alex hat mich gebeten, heute mitzukommen. Alex hat sein Grazer WG-Zimmer ge-kündigt und schläft seit Wochen bei einem Freund in Meid-ling auf der Couch. Alex verlässt die Wohnung untertags nur, um bei der Thaliastraße Gras zu kaufen. Ich sehe Alex an. Er wollte es ihnen heute sagen, nur deshalb tun wir uns diesen Nachmittag an. Alex braucht Geld.

Und wie gehts dir, Papa? Alex weicht meinem Blick aus. Seit seine Mutter das Mittagessen abgeräumt hat, um Platz fürs Dessert zu machen, blättert sein Vater in der Zeitung. *Völlig abgestürzt. Eure Jugend war ja zum Glück nicht so.* Ich lese die Schlagzeile auf dem Titelblatt der Krone in seinen Händen: »Dreizehnjährige lehnte tot an einem Baum in Wien Do-naustadt.« Sein Gesicht ist immer noch hinter der Zeitung verborgen.

Wie kommt ein so kleines Mädchen an Drogen?, fragt Alex' Mutter. *Die war gleich aus dem Nachbarort von uns.* Sie schüt-telt den Kopf. *Ecstasy hatte sie im Blut und hergerichtet war sie, kein Wunder, dass die alle für 18 gehalten haben.* Sie drapiert Kuchenstücke auf kleinen Desserttellern. *Da stimmt doch zu Hause was nicht, wenn die so spät noch unterwegs ist. Dieses arme Mädchen hat in ihrem Leben wahrscheinlich nie echte Wertschätzung erfahren.*

Alex' Vater grunzt zustimmend. Alex nickt. Ich frage mich, was ich hier noch mache.

Auf dem Heimweg sagt Alex kein Wort.

Er weicht mir aus, weicht sich aus, nicht wie Robert, mit all dem Lärm und den Menschen. Alex weicht in sich vor sich aus. Ich weiche anders aus. Ich weiche gerne aus. Dass wir einander ausweichen, macht mich traurig.

Ich sehe eine Kleinigkeit, ein Detail, und erinnere mich daran, wie ich früher die Welt gesehen habe. Ich stelle mir vor, wie es ist, die Sonne im Gesicht zu spüren, ohne eine Schicht Make-up auf der Haut, und einfach loszulaufen, wenn man etwas Interessantes sieht, ohne nachzudenken. Ich denke an die Ernsthaftigkeit unserer Spiele im Wald und fühle betrunkene Freiheit. Manchmal.

Beim zweiten Mal ist es leicht.
Geh.
Alex hebt seine Jacke auf und verlässt die Wohnung. Ich nehme ein paar Tabletten aus meiner Notfallkiste. Ich sehe sie nur an. Ich will diesen Augenblick nüchtern festhalten.

Ich gehe schnell, Annabelle mag das. Dann wird ihr trippelnder Gang hüpfend und sie schaut ständig zurück zu mir, als könnte sie es nicht glauben, dass wir wirklich so schnell gehen. Sogar die Stufen hinunter zum Kanal hüpft sie. Ich erkenne Lena schon von Weitem. Ich weiß, dass sie es ist, die dasteht, weil nur sie so dastehen kann, weil es so viel Sinn macht, dass sie hier ist. Meine Schritte klingen merkwürdig laut auf dem nassen Asphalt. Es fühlt sich an, als würde der Anblick von Lenas Rücken in ihrer grauen, zu großen Jacke reichen, um mich zu bremsen. Annabelle zieht und hechelt. Sie hat recht, jetzt ist nicht der Zeitpunkt stehen zu bleiben. Ich habe Lena gefunden. Sie raucht und schaut aufs Wasser, das genauso grau wie der Himmel ist. An solchen Tagen waren wir selten hier. Der Kanal ist ein Ort für sonnige Tage und berauschte Nächte.
Du passt ja perfekt ins Bild. Warst du jeden Tag hier?
Fast.

Ich muss an meinen Besuch bei Mona in diesem seltsam sterilen Zimmer mit diesem weißen Bett denken. Wieso fühle ich mich hier genauso fehl am Platz wie dort?

Alex ist wieder da.

Ich habe nach dir gesucht, will ich sagen.

Seid ihr wieder …?

Nein, also das war nur ein bisschen, aber nicht richtig.

Wo warst du die die ganze Zeit, will ich sagen.

In zwei Wochen fängt die Schriftliche an.

Seit wann interessierst du dich für die Schriftliche?

Naja, ich dachte, weil das die letzten Prüfungen sind und wir inzwischen ja nicht einmal mehr richtigen Unterricht haben, wär jetzt ein bisschen Zeit zu lernen.

Lenas Mundwinkel zucken, doch sie sieht weiter stur aufs Wasser.

Ah, ist das so?

Machs mir doch nicht so schwer, will ich sagen.

Also, wenn du Hilfe brauchst, ich mein, du warst in keiner einzigen Vorbereitungsstunde.

Lena sagt nichts.

Die Prüfungen werden sowieso ein Witz, in Mathe hat er so viele Andeutungen gemacht, dass die halbe Klasse die Aufgaben kennt. Englisch kommt fast dasselbe wie zur Probematura, und Deutsch hat die Alte schon zugegeben, dass sie herschenkt, damit sich die Wackelkandidaten auf die Lernfächer konzentrieren können.

Seit wann interessierst du dich auf einmal so für die Schule?

Ich dachte …

Willst du gar nicht wissen, wo ich war? Willst du deine scheiß Kette nicht wieder? Oder wissen, warum ich nicht abgehoben hab? Wieso hast du mich eigentlich blockiert, nachdem ich eine Woche auf Nichts reagiert hab?

Habe ich das? Ich würde am liebsten auf meinem Handy nachsehen.

Das ist ziemlich blöd, wenn man jemanden sucht, einfach die Nummer zu blockieren.

Woher weißt du, dass ich nach dir gesucht hab?

Du hast Laras Hund geklaut.

So war das nicht mit Annabelle.

Annabelle wedelt mit dem Schwanz.

Ich werds ihr nicht sagen, keine Sorge. Sie heißt übrigens Jellybean. Saudummer Name, so was kann nur von einer Dreizehnjährigen kommen. Mit Annabelle ist sie wahrscheinlich besser dran.

Ich dachte, sie gehört deiner Mam, und die merkt es nicht, wenn sie weg ist. Sie war ganz allein eingesperrt und …

Mir brauchst du nichts erklären.

Du mir aber, will ich sagen.

Meine Angst ist lila, stachlig und traurig. Meine lila Angst kann zwar nicht sprechen, aber zuhören.

Zwischen meinen vielen Zeichnungen finde ich Zettel, auf die ich Dominiks Namen gekritzelt habe. Manchmal ganz klein, mit Kuli, manchmal riesig, in allen Farben. Ich kann mich nicht mehr daran erinnern, wie Dominik riecht oder warum ich ihn gut fand. Ich lege die Zettel zur Seite. Es dauert lange bis ich das Bild finde, das Lena von uns beiden gemalt hat. Auf dem Bild bin ich so blond, wie ich es nie war, und sie hat jedes Detail meiner Ohrringe gezeichnet. Ihre Ohren sind nicht zu sehen. Lenas Eltern sind gegen jede Art von *Körperschmuck*. Ich habe Lena nie gemalt und mich selbst auch nicht. Ich finde ein Bild von einem lächelnden Haus.

Lena und ich haben uns geweigert, ein brennendes Haus zu zeichnen, weil das eine unnötig traurige Aufgabe war. Hat ihr Zeichnungshaus auch gelächelt?

Ich maturiere mit siebzehn, mit ausgezeichnetem Erfolg und lauter Einsern. Ich habe mich vorbereitet. Das hat mich von allem anderen abgelenkt. Wolfgang möchte, um meine Matura zu feiern, essen gehen. Meine Mutter sagt ihm, das sei nicht nötig, ich würde ohnehin keinen Wert darauf legen. Essen gehen sie trotzdem, zu zweit. Deshalb feier ich anders.

Ich tanze, versuche meinen Kopf leer werden zu lassen, mich nur auf die Musik und das Gefühl zu konzentrieren, weiß, dass mein Kopf in nächster Zeit nie mehr so herrlich leer sein wird. Ich muss mich entscheiden. Nicht jetzt, jetzt muss ich nur tanzen, aber bald. Bald habe ich das erste Mal wirklich eine Wahl. Ich darf keinen Fehler machen.

Egal, wie lange ich laufe, ich kippe nicht einfach von der Welt. Die ganz großen Geheimnisse darf ich nur andeuten. Nach jeder Kurve geht es weiter. *Kurven brechen nicht einfach ab*, sagte mein Vater. Ich male ein Bild, wie ich es auf meinen Arm nie malen könnte. Hinter einem kleinen dunkelhaarigen Mädchen brennt es, vor ihm erstreckt sich eine bunte Blumenwiese. Ich male Schmetterlinge und Vögel. Ich übe, Feuer zu malen. Ich ziehe dem Mädchen Mamas Kleid an und male ihr eine kleine Kanne mit Öl in die Hand. Als ich ein Streichholz neben das Feuer male, ist es nur ein dunkler Strich mit einem Punkt obendrauf. Ich radiere es wieder weg. *Prinzessinnenwelt*. Ich frage mich, ob träumen reicht, ob man Probleme im Schlaf lösen kann. Du hättest mir mehr über die Welt erzählen müssen. Mama. Ich weiß so vieles nicht. Ich arbeite lange an diesem Bild. Länger als ich je an etwas gearbeitet habe. Ich male sogar den großen Tisch. *Irgendwie sehe ich immer einen großen Tisch, wenn ich an uns alle denke,* sagt Mama. Einen großen Tisch haben wir schon lange nicht mehr. Ich soll nicht deine Fehler machen, sagst du nicht, aber du zeigst es mir.

Auch ohne Robert bin ich nachts gerne draußen. Er ist mit allem, das so wenig war, verschwunden, hat mir nur einen inneren vier Uhr Wecker dagelassen. Mit Annabelle fühlen sich die Straßen sicher an. Wir balancieren auf den Schienen bis zum Praterstern. So habe ich alles im Blick. Wir weichen erst auf den Gehsteig aus, als wir die Bim nicht nur auf den Fußsohlen spüren, sondern auch sehen. Unter einem der Baustellenzäune bewegt sich etwas. Annabelle zieht und bellt. Ich bleibe stehen, atme ein. Ich atme aus, *Sch*. Ratten sind überall. Ich halte Annabelle ganz kurz, gehe mit ihr am äußersten Rand des Gehsteigs. Sie zieht stärker. *Sch*, mache ich wieder, *alles ist gut*. Wir weichen nicht auf die Straße aus. *Die tun dir nichts.*

Ich sehe keine Wörter mehr auf meiner Haut. Ich sehe nur meine dünnen Finger und den noch dünneren Pinsel, wenn ich Wörter an meine Zimmerwände male. Sie bewegen sich zu einer Melodie, die nur ich hören kann, sind tanzende Ästchen im tobenden Wind. Auch die Wörter selbst haben sich verändert. Ich suche besonders schöne aus, solche, die sich nicht nur auf der Zunge gut anfühlen, sondern auch in der Brust. »Flusen«, schreibe ich, und ein paar Wochen später, »Echolot«.

Beim Einschlafen stelle ich mir den Himmel vor. Ich sehe meine Himmelwelt von oben, schaue auf einen Wald, in dem jeder Baum anders aussieht, jedes Blatt eine andere Farbe hat. Obwohl ich so weit weg bin, kann ich das Meer rauschen hören. Ich zoome mich in meine Himmelwelt und stehe am Strand. Der weiße Sand ist weich unter meinen Füßen, und als ich noch einmal hinsehe, ist er dottergelb. Die Wellen rollen so langsam auf den Strand zu. Ich gehe ein paar Schritte in Richtung Meer, damit das warme Wasser meine Füße umspült. Die Sonne ist hell, und als ich mich umdrehe und Richtung Wald laufe, sind meine Füße trocken. Der Waldboden ist warm und weich unter meinen Füßen, und trotzdem so anders als der Strand. Ich will Berge sehen, und deshalb weiß ich, dass Berge kommen werden. Annabelle hüpft geisterhaft neben mir her, *schneller*, ruft sie, und auch ich fange an, zu hüpfen, weil es leicht ist und so viel schneller ist, als zu gehen. Ich weiß, dass irgendwo hier im Wald auch Urgroßvater sein muss, nicht geisterhaft, sondern fest und menschlich. Ich weiß, dass er hier keine Stimme hat. Annabelle heult wie ein kleiner Wolf, und ich heule mit ihr.

© Literaturverlag Droschl Graz – Wien 2023

Gefördert von der Stadt Wien Kultur

Umschlag: & Co, www.und-co.at
Satz: AD
Druck: Florjančič

ISBN: 978-3-99059-139-0

Literaturverlag Droschl Stenggstraße 33 A-8043 Graz
www.droschl.com